CHOIX

DE POÉSIES

PROPRES A ÊTRE APPRISES PAR CŒUR
DANS LES ÉCOLES ET DANS LES CLASSES ÉLÉMENTAIRES
DES LYCÉES ET COLLÉGES

EXTRAITES DE DIVERS AUTEURS

ET ACCOMPAGNÉES DE NOTES EXPLICATIVES

PAR

LOUIS D'ALTEMONT

PARIS

LIBRAIRIE DE L. HACHETTE ET Cie

RUE PIERRE-SARRAZIN, Nº 14

(Près de l'École de médecine)

CHOIX

DE POÉSIES

Y

Ces pièces de poésie, qui toutes sont des modèles de goût et de style, également propres à enrichir la mémoire et à former le cœur, ont été disposées dans l'ordre que demandaient la variété et la progression, ces deux conditions indispensables de tout bon enseignement. De trois en trois morceaux à peu près, il y en a un exclusivement consacré à la religion et à la morale; les autres, placés entre ceux-là, consistent en récits attachants et instructifs; tous se suivent selon l'ordre progressif des difficultés que leur intelligence offre au jeune âge. Toutes ces difficultés sont expliquées dans les notes.

Paris. — Imprimerie de Ch. Lahure et Cⁱᵉ, rue de Fleurus, 9.

CHOIX
DE POÉSIES

PROPRES A ÊTRE APPRISES PAR CŒUR
DANS LES ÉCOLES ET DANS LES CLASSES ÉLÉMENTAIRES
DES LYCÉES ET COLLÉGES

EXTRAITES DE DIVERS AUTEURS

ET ACCOMPAGNÉES DE NOTES EXPLICATIVES

PAR

LOUIS D'ALTEMONT

PARIS

LIBRAIRIE DE L. HACHETTE ET Cⁱᵉ
RUE PIERRE-SARRAZIN, Nº 14
(Près de l'École de médecine)

—

1860

CHOIX DE POÉSIES.

I

BONTÉ DE DIEU.

Que le Seigneur est bon, que son joug[1] est aimable !
Heureux qui dès l'enfance en connaît la douceur[2] !
Jeune peuple[3], courez à ce maître adorable :
Les biens les plus charmants n'ont rien de comparable
Aux torrents de plaisir qu'il répand dans un cœur.

Il s'apaise, il pardonne[4] ;
Du cœur ingrat qui l'abandonne
Il attend le retour[5].
Il excuse notre faiblesse ;
A nous chercher même il s'empresse[6].

1. *Que son autorité, son empire est aimable ! Combien il est doux de le servir !*
2. *La douceur de ce joug.*
3. Ceci s'adresse aux enfants et aux jeunes gens.
4. Il s'apaise quand nous avons mérité son courroux ; il nous pardonne quand nous l'avons offensé.
5. Il y a là ce qu'on appelle une *inversion*; les inversions sont permises en vers; la construction régulière serait : *il attend le retour du cœur ingrat qui l'abandonne.*
6. Inversion : *il s'empresse à nous chercher, il vient au-devant de nous.*

1

Pour l'enfant qu'elle a mis au jour
Une mère a moins de tendresse [1].
Ah! qui peut avec lui partager notre amour [2]?

Que l'on célèbre ses ouvrages
Que son nom soit béni! que son nom soit **chanté,**
Au delà des temps et des âges,
Au delà de l'éternité!

RACINE.

II.

L'ÉCOLIER ET L'ABEILLE.

FABLE.

Que fais-tu donc sur cette plante?
Disait un écolier, paresseux et mutin,
A l'ouvrière diligente [3]
Qui butinait [4] de grand matin.
— Du miel. — Y penses-tu? quoi! du miel de l'absinthe [5]?
—Sans doute.—Ah! pour le coup, c'est te moquer de moi!
De ton rare talent, à te parler sans feinte [6],
Tu fais, ma chère, un sot emploi [7].

1. Inversion : *Une mère a moins de tendresse pour son enfant;* c'est-à-dire Dieu a pour nous plus de tendresse qu'une mère n'en a pour son enfant.

2. *Personne ne doit partager avec lui notre amour;* c'est-à-dire *nous lui devons notre amour tout entier.*

3. C'est-à-dire l'abeille.

4. *Qui butinait de grand matin.* L'abeille va chercher dans les fleurs le suc dont elle compose le miel. On appelle cela *butiner.*

5. *L'absinthe* est une plante amère d'une odeur forte.

6. Sans feinte, c'est-à-dire franchement.

7. La construction est : tu fais un sot emploi de ton rare talent; tu emploies mal ton talent. L'enfant se figure que l'absinthe, étant amère, ne peut contribuer à produire le miel.

— Ainsi, l'âge de l'ignorance
Toujours juge à tort, à travers !
Quand mon utile prévoyance
De cette plante¹ aux sucs amers
Tire un miel aussi doux que celui de la rose,
Du travail ¹, mon ami, c'est la métamorphose².
Mets à profit, crois-moi, la leçon d'aujourd'hui :
    Pour la paresseuse enfance,
    L'absinthe est la peine et l'ennui
    Qu'un long travail traîne après lui ;
Le miel, c'est le doux fruit que produit la science.

A. NAUDET.

III

LE LABOUREUR ET SES ENFANTS.

HISTORIETTE.

Travaillez, prenez de la peine :
C'est le fonds qui manque le moins³.
Un riche laboureur, sentant sa mort prochaine,
Fit venir ses enfants, leur parla sans témoins.
« Gardez-vous, leur dit-il, de vendre l'héritage
    Que nous ont laissé nos parents :
    Un trésor est caché dedans.
Je ne sais pas l'endroit ; mais un peu de courage
Vous le fera trouver : vous en viendrez à bout

1. Inversion.
2. La *métamorphose;* le changement, la transformation.
3. Voici quelle est la pensée de l'auteur : un fonds d'argent, un fonds de terre peuvent manquer, être enlevés ou dissipés de bien des manières, on n'en a que trop d'exemples ; le travail est de tous les fonds, c'est-à-dire de toutes les sources de la richesse, le moins sujet à manquer à celui qui le possède. La Fontaine explique encore plus clairement sa pensée en disant à la fin de sa fable que le travail est un trésor.

Remuez votre champ dès qu'on aura fait l'oût[1];
Creusez, fouillez, bêchez; ne laissez nulle place
    Où la main ne passe et repasse. »
Le père mort, les fils vous[2] retournent le champ,
Deçà, delà, partout; si bien qu'au bout de l'an
    Il en rapporta davantage.
D'argent[3], point de caché, mais ce père fut sage
    De leur montrer, avant sa mort,
    Que le travail est un trésor.

                    LA FONTAINE.

IV

PRIÈRE DE L'ENFANT.

Notre père des cieux, père de tout le monde,
De vos petits enfants[4] c'est vous qui prenez soin ;
Mais à tant de bontés[4] vous voulez qu'on réponde,
Et qu'on demande aussi, dans une foi profonde,
    Les choses dont on a besoin.

Vous m'avez tout donné, la vie et la lumière,
Le blé qui fait le pain, les fleurs qu'on aime à voir,
Et mon père et ma mère, et ma famille entière ;
Moi, je n'ai rien pour vous, mon Dieu, que la prière
    Que je vous dis matin et soir.

Notre père des cieux, bénissez ma jeunesse!
Pour mes parents, pour moi, je vous prie à genoux ;
Afin qu'ils soient heureux, donnez-moi la sagesse ;

---

  1 _L'oût_, vieux mot dont on se sert dans quelques départements pour dire la moisson, parce qu'elle se fait dans le mois d'août.

  2. Ce mot _vous_, inutile au sens, est un gallicisme.

  3. Tournure vive pour dire : ils ne trouvèrent pas d'argent et il n'y en avait point.

  4. Inversion.

Et puisse leur enfant les contenter sans cesse,
   Pour être aimé d'eux et de vous!

Mme TASTU.

V

LE GRILLON[1].

FABLE.

Un pauvre petit grillon,
Caché dans l'herbe fleurie,
Regardait un papillon
Voltigeant dans la prairie.
L'insecte ailé[2] brillait des plus vives couleurs,
L'azur[3], la pourpre[4] et l'or éclataient sur ses ailes :
   Il courait de fleurs en fleurs,
Prenant et quittant les plus belles.
« Ah ! disait le grillon, que son sort et le mien
   Sont différents ! Dame nature[5]
   Pour lui fit tout et pour moi rien[6].
Je n'ai point de talent, encor moins de figure[7],
Nul ne prend garde à moi, l'on m'ignore ici-bas[8],
   Autant vaudrait n'exister pas. »
   Comme il parlait, dans la prairie[9]
   Arrive une troupe d'enfants :

1. Petit insecte de la même famille que les sauterelles, habitant des trous qu'il se creuse sous l'herbe. Il est généralement connu sous le nom de *cri-cri*, à cause du bruit qu'il fait toujours entendre.
  2. Le papillon.
  3. Bleu de ciel.
  4. Rouge-foncé.
  5. La nature. Cette manière de parler a vieilli.
  6. Lui a accordé tous les avantages et me les a tous refusés.
  7. Je n'ai point de figure ; c'est-à-dire je n'ai point de beauté.
  8. Dans le monde ; sur la terre.
  9. Inversion.

Aussitôt les voilà courants [1]
Après ce papillon dont ils ont tous envie ;
Chapeaux, mouchoirs, bonnets servent à l'attraper ;
    Enfin il devient leur conquête.
L'un le saisit par l'aile, un autre par le corps ;
Un troisième survient et le prend par la tête.
    Il ne fallait pas tant d'efforts
    Pour déchirer la pauvre bête.
« Oh ! oh ! dit le grillon, je ne suis point fâché ;
Il en coûte trop cher pour briller dans le monde ;
Combien je vais aimer ma retraite profonde !
    Pour être heureux, vivons caché. »

                        FLORIAN.

VI

L'ENFANT PRODIGUE.

[Tout le monde connaît l'admirable parabole de l'*Enfant prodigue* dans l'Évangile.

L'auteur de cette pièce a, non pas précisément traduit, mais imité la parabole en vers simples et faciles ; et, quoique ces vers soient infiniment au-dessous de la sublime prose du texte, ils présentent aux enfants un exercice de mémoire agréable et moral.]

Un père avait deux fils d'un caractère
Bien différent : l'un d'une humeur austère,
C'était l'aîné, faisait ses seuls plaisirs
De ses devoirs ; le plus jeune, au contraire,
Ne connaissait de lois que ses désirs,
Ni d'autres soins que de les satisfaire :
Mauvais sujet, dont les déportements,
Pour ce bon père, était à tous moments
L'objet nouveau d'une douleur amère.

1. *Courant* serait plus régulier.

Enfin, lassé du paternel séjour [1],
Et pour mieux vivre au gré de son envie,
Il demanda sa légitime [2], un jour,
Et résolut de quitter sa patrie.
De tous les biens [3] il prit son contingent,
Il le vendit, en recueillit l'argent,
Et s'exila du toit qui le vit naître.
Le voilà donc enfin devenu maître
De suivre en tout ses penchants malheureux.
Il s'en alla dans certaine contrée,
Où sa jeunesse, à ses erreurs [3] livrée,
Se répandit en des excès honteux.
Les voluptés, le luxe, la dépense,
L'eurent bientôt traîné dans l'indigence [4].
Privé de tout, près de mourir de faim,
L'infortuné, tombé de l'opulence,
Se vit réduit à mendier son pain.
Le pain manqua, pour comble de misère.
Tout le pays se trouvant affligé
De la famine, il se vit obligé
D'aller garder, pour le plus vil salaire,
Quelques pourceaux, et, faute d'aliments,
De leur ravir ou d'envier leurs glands.
Rentrant alors en lui-même, il s'écrie :
« Ciel ! Qu'ai-je fait ? Lorsque dans ma maison,
Le moindre esclave en paix se rassasie,
Je suis sans pain et dans l'abjection !
J'y [5] reviendrai, je veux changer de vie,
Et de mon père [3] obtenir mon pardon. »
Cédant enfin au remords qui le presse,
Vers ses foyers [3] il retourne à l'instant.
Le père à peine aperçut son enfant,
Qu'il se sentit touché de sa détresse,

1. En prose, il faut dire du *séjour paternel.*
2. La portion de bien qui lui revenait.
3. Inversion.
4. Réduit à l'indigence.
5. *Y*, c'est-à-dire *dans ma maison.*

Et dans ses bras[1] le reçut en pleurant.
Ce tendre accueil, cette douce indulgence
Pour tant d'erreurs, pénétrèrent le fils
D'un repentir et d'un amour immense.
Il ne sait plus qu'exprimer par des cris
Les sentiments de sa reconnaissance.
Saisi, confus, n'osant lever les yeux :
« Ah! j'ai péché contre vous et les cieux,
S'écria-t-il, ô le meilleur des pères!
Je ne suis plus votre fils, trop heureux
D'être compté parmi vos mercenaires;
Trop honoré de vous servir comme eux! »
Le père, ému d'un si touchant langage :
« Vite, dit-il, qu'on porte à mon enfant
Son bel habit, son premier vêtement;
Que mon anneau dans ses doigts soit le gage
De mon amour et de son changement.
De tous mes biens[1] que mon enfant jouisse;
Il était mort, le ciel me l'a rendu :
Je le retrouve après l'avoir perdu :
Dans ma maison que tout se réjouisse. »
L'ordre aussitôt par le père[1] est donné
De préparer une fête brillante,
Pour célébrer ce retour fortuné;
Lorsque des champs[1] revint son fils aîné,
Dans la maison[1] il entend que l'on chante.
Il était près d'entrer, quand il apprit
D'un de ses gens le retour de son frère.
A ce discours il demeure interdit;
Et, se livrant au plus cruel dépit,
Il refusait de rentrer chez son père.
Le père alors vient au-devant de lui
Pour l'amener, mais en vain il le prie :
« Non, non, dit-il, je vois trop aujourd'hui
A quoi me sert d'avoir passé ma vie
A vous servir : je n'ai jamais reçu
Le moindre prix d'un travail assidu,

1. Inversion.

Le moindre gré[1] de mon obéissance;
Et quand ce fils, qui toujours a vécu
Dans les plaisirs et dans l'indépendance
Revient à vous, il se voit caressé;
Il est l'objet d'une réjouissance;
Et son remords est mieux récompensé
Que ne le fut jamais mon innocence.
— Eh quoi! mon fils, dit le père affligé,
Ce que je fais pourrait-il vous déplaire?
Auprès de moi vous avez partagé
Tous mes plaisirs; que pouvais-je donc faire
Qui montrât mieux ma tendresse pour vous?
Mais aujourd'hui que votre jeune frère
Revient touché d'une douleur sincère,
Ne faut-il pas nous en réjouir tous? »

LABORIE.

VII

LES PREMIERS PAS A L'ÉGLISE.

(Fragment.)

UNE MÈRE A SON PETIT ENFANT.

Vois-tu cette maison où la cloche t'appelle,
Sa haute tour sculptée en légère dentelle,
Ses vitraux mêlés d'or, d'écarlate et de bleu?
C'est une église.... Oh! viens y faire une prière!
Vois tous les saints rangés sur le portail de pierre,
Pour bénir les enfants qui viennent prier Dieu.

Regarde, tout au fond, la chapelle fleurie
De la reine du ciel, qu'on appelle Marie :

1. La moindre marque de satisfaction.

Là, tout est blanc et frais comme tes jeunes ans.
Oh ! vois sur cet autel, qui parle à nos deux âmes,
Une Vierge au front pur, pour soutenir les femmes,
Un nouveau-né divin pour sourire aux enfants.

Implore avec ferveur ce Dieu bon comme un père,
Grand comme un roi des rois, tout petit comme un frère :
Il aime ton cœur simple et son naïf élan ;
Il préfère un front pur à tout ce qu'on renomme[1],
La candeur de l'enfant aux vanités de l'homme,
Et la plume du cygne[2] à la plume du paon[3].

Dis à la Vierge aussi : « Priez pour nous, Marie,
Rose du paradis et lis de la prairie,
Reine au palais de feu, mère à l'amour brûlant! »
Demande-lui la douce et divine croyance
Et les chastes vertus qu'elle garde à l'enfance
        Dans les plis de son voile blanc.

Viens,... donne à l'indigente au seuil du temple[4] assise.
L'ange de charité, qu'on rencontre à l'église,
Doit descendre avec nous les marches du saint lieu[5].
Ton front a je ne sais quelle pure lumière[6],
Et tous les saints rangés sur le portail de pierre
Bénissent mon enfant qui vient de prier Dieu.

                              Mme ANAÏS SÉGALAS.

1. *A tout ce qu'on renomme*, c'est-à-dire à la grandeur humaine,
à la gloire, à la richesse.

2. Le plumage blanc du cygne, symbole d'innocence, de
pureté.

3. La plume du paon, symbole de beauté, de vanité et d'orgueil.

4. Inversion : assise à la porte de l'église.

5. *L'ange de charité doit descendre les marches avec nous,*
c'est-à-dire en sortant de l'église, nous devons faire l'aumône, si
nous le pouvons.

6. *Ton front semble briller d'un doux éclat,* parce que tu
viens de prier, et que la piété respire sur tes traits.

VIII

LE JEUNE VACHER ET LE GARDE-CHASSE.

HISTORIETTE.

Colin gardait un jour les vaches de son père;
Auprès de lui n'était ni berger ni bergère;
Il s'ennuyait tout seul. Le garde[1] sort du bois :
« Depuis l'aube, dit-il, je cours dans cette plaine
Après un vieux chevreuil que j'ai manqué deux fois,
    Et qui m'a mis tout hors d'haleine.
    — Il vient de passer par là-bas,
Lui répondit Colin, mais, si vous êtes las,
Reposez-vous, gardez mes vaches à ma place,
    Et j'irai faire votre chasse,
Je réponds du chevreuil. — Ma foi, je le veux bien :
Tiens, voilà mon fusil, prends avec toi mon chien,
    Va le tuer. » Colin s'apprête,
S'arme, appelle Sultan[2]. Sultan, quoiqu'à regret,
    Court avec lui vers la forêt.
Le chien bat les buissons : il va, vient, sent, arrête,
Et voilà le chevreuil.... Colin impatient
    Tire aussitôt, manque la bête,
    Et blesse le pauvre Sultan.
    A la suite du chien qui crie,
    Colin revient à la prairie.
    Il trouve le garde ronflant[3];
De vaches, point; on les avait volées.
Le malheureux Colin, s'arrachant les cheveux,
Parcourt en gémissant les monts et les vallées.
Il ne voit rien. Le soir, sans vaches, tout honteux,

---

1. Le garde-chasse.
2. Nom du chien du garde.
3. Le garde forestier n'étant point accoutumé à veiller sur les bestiaux s'était endormi; pendant ce temps-là un voleur avait emmené les vaches.

Colin retourne chez son père,
Et lui conte en tremblant l'affaire.
Celui-ci, saisissant un bâton de cormier,
Corrige son cher fils de ses folles idées,
      Puis lui dit : « Chacun son métier,
      Les vaches seront bien gardées [1]. »

FLORIAN.

IX

LA RECOMMANDATION D'UN PÈRE.

HISTORIETTE.

Toute puissance est faible, à moins que d'être unie.
Écoutez là-dessus l'esclave de Phrygie [2].

Un vieillard près d'aller où la mort l'appelait :
« Mes chers enfants, dit-il (à ses fils [3] il parlait),
Voyez si vous romprez ces dards liés ensemble :
Je vous expliquerai le nœud qui les assemble. »
L'aîné les ayant pris et fait tous ses efforts,
Les rendit, en disant : « Je le donne aux plus forts. »
Un second lui succède, et se met en posture,
Mais en vain. Un cadet tente aussi l'aventure.
Tous perdirent leur temps ; le faisceau résista :
De ces dards [3] joints ensemble un seul ne s'éclata [4].
« Faibles gens, dit le père, il faut que je vous montre
Ce que ma force peut en semblable rencontre. »

1. Le sens de ce proverbe et la moralité de cette fable est
que, pour que tout aille bien, il faut que chacun s'occupe uniquement de la besogne dont il est chargé, et du métier qu'il
sait faire.
2. Ésope, célèbre auteur de fables, qui, dit-on, avait été
esclave. Ésope était né en Phrygie, province de l'Asie Mineure.
3. Inversion.
4. C'est-à-dire, pas un seul de ces dards ne se rompit.

On crut qu'il se moquait; on sourit, mais à tort :
Il sépare les dards, et les rompt sans effort.
« Vous voyez, reprit-il, l'effet de la concorde :
Soyez joints, mes enfants; que l'amour vous accorde. »
Tant que dura son mal, il n'eut autre discours.
Enfin, se sentant près de terminer ses jours :
« Mes chers enfants, dit-il, je vais où sont nos pères;
Adieu : promettez-moi de vivre comme frères;
Que j'obtienne de vous cette grâce en mourant. »
Chacun de ses trois fils l'en assure en pleurant.
Il prend à tous les mains; il meurt. Et les trois frères
Trouvent un bien fort grand, mais fort mêlé d'affaires.
Un créancier saisit, un voisin fait procès :
D'abord notre trio [1] s'en tire avec succès.
Leur amitié fut courte autant qu'elle était rare.
Le sang les avait joints; l'intérêt les sépare :
L'ambition, l'envie, avec les consultants [2],
Dans la succession [3] entrent en même temps.
On en vient au partage, on conteste, on chicane :
Le juge sur cent points [3] tour à tour les condamne.
Créanciers et voisins reviennent aussitôt,
Ceux-là sur une erreur, ceux-ci sur un défaut [4].
Les frères désunis sont tous d'avis contraire :
L'un veut s'accommoder, l'autre n'en veut rien faire.
Tous perdirent leur bien, et voulurent trop tard
Profiter de ces dards [5] unis et pris à part.

La Fontaine.

1. Nos trois frères.
2. *Consultants* signifie ici les hommes d'affaires et les hommes de loi, qui donnèrent des avis aux trois frères et qui les brouillèrent ensemble, en excitant leur ambition et leur jalousie.
3. Inversion.
4. *Défaut* signifie ici manquement à une assignation donnée. Le sens de ces deux vers est : Les créanciers et les voisins remettent en litige des affaires déjà jugées, sous prétexte qu'il y a eu erreur ou nullité par suite de défaut.
5. De la leçon que leur père leur avait donnée au moyen de ces dards, qui unis étaient forts, et qui séparés étaient faibles.

X

TOUTE-PUISSANCE DE DIEU.

L'Éternel est son nom, le monde est son ouvrage ;
Il entend les soupirs de l'humble qu'on outrage ,
Juge tous les mortels avec d'égales lois ,
Et du haut de son trône interroge les rois.
Au seul son de sa voix, la mer fuit, le ciel tremble ;
Il voit comme un néant tout l'univers ensemble :
Et les faibles mortels, vains jouets du trépas,
Sont tous devant ses yeux comme s'ils n'étaient pas.
Que peuvent contre lui tous les rois de la terre ?
En vain ils s'uniraient pour lui faire la guerre ;
Pour dissiper leur ligue il n'a qu'à se montrer ;
Il parle, et dans la poudre il les fait tous rentrer.

RACINE.

XI

LE PREMIER LARCIN.

FABLE.

N'abandonnez jamais le sentier de l'honneur,
Enfants, je vous le dis, malheur, cent fois malheur
     A qui fait un pas dans le crime !
Le chemin est glissant, on n'y peut s'arrêter ;
     Qui se laisse une fois tenter
     Est tôt ou tard entraîné dans l'abîme.

Près d'un clos entouré d'épineux [1] arbrisseaux,
Un jeune voyageur, passant par aventure ,

---

1. En prose il faudrait nécessairement *d'arbrisseaux épineux.*

Vit un poirier dont la verdure
S'effaçait sous les fruits qui chargeaient ses rameaux.
Une poire le tente; il franchit la barrière,
Et déjà de ce fruit[1] savoure la douceur,
Quand un chien se réveille, et ce gardien sévère[2]
    S'élance sur le voyageur.
Contre cet ennemi qui déjà le terrasse,
Le jeune homme est contraint de défendre ses jours[3],
Il redouble d'efforts, lutte, se débarrasse;
Et sa main, d'une bêche[1] empruntant le secours
    Étend le dogue sur la place.
Aux aboiments du chien, le maître est accouru.
Il voit son cher Azor sur la terre sanglante;
Et d'un destin pareil[1] menaçant l'inconnu,
Du tube[4] meurtrier[1] il presse la détente.
Le coup part, le plomb siffle à l'oreille tremblante
    Du voyageur, qu'il n'a point abattu.
Mais cet infortuné[5], qu'emporte la colère,
De la bêche[1] à son tour frappe son adversaire,
Et près de son Azor le maître est étendu.
Du criminel[1] bientôt s'empare la justice[6].
Il pleure vainement son malheur et ses torts.
    Malgré ses pleurs et ses remords,
Le jeune voyageur est conduit au supplice :
« Hélas! s'écriait-il, que mon sort est cruel!
Je lègue à ma famille une affreuse mémoire;
    Je meurs comme un vil criminel,
Et ne voulais pourtant dérober qu'une poire! »

VIENNET.

1. Inversion.
2. Le chien.
3. Sa vie.
4. D'un fusil.
5. Le voyageur.
6. La justice s'empare du coupable : c'est-à-dire on l'arrête
pour le juger.

XII

LE RENARD, LE FERMIER ET LE CHIEN.

FABLE.

Le loup et le renard sont d'étranges voisins;
Je ne bâtirai point autour de leur demeure.

    Ce dernier guettait à toute heure
Les poules d'un fermier; et quoique des plus fins,
Il n'avait pu donner d'atteinte à la volaille.
D'une part l'appétit, de l'autre le danger,
N'étaient pas au compère[1] un embarras léger.
    « Hé quoi, dit-il, cette canaille[2]
    Se moque impunément de moi!
    Je vais, je viens, je me travaille,
J'imagine cent tours: le rustre[3], en paix chez soi,
Vous fait argent de tout, convertit en monnoie[4]
Ses poules, ses chapons; il en a même au croc[5].
Et moi, maître passé[6], quand j'attrape un vieux coq,
    Je suis au comble de la joie!... »
Il choisit une nuit libérale en pavots[7].
Chacun était plongé dans un profond repos;
Le maître du logis, les valets, le chien même,
Poules, poulets, chapons, tout dormait. Le fermier,

---

1. *Au compère*, c'est-à-dire au renard. D'un côté la faim le sollicitait à attaquer les poules; de l'autre, la crainte l'en détournait, parce que la cour de la ferme était bien gardée.

2. Les poules.

3. Le paysan, le fermier. Expression injurieuse.

4. On prononçait anciennement la dernière syllabe de *monnoie* comme celle de *oie*. Aujourd'hui on prononce et on écrit *monnaie*.

5. Pour s'en régaler en famille.

6. *Maître passé*, ou *passé maître*, c'est-à-dire *très-habile*.

7. Une nuit qui invitait à un profond sommeil. C'est du pavot qu'on tire l'opium, qui fait dormir.

Laissant ouvert son poulailler,
Commit une sottise extrême.
Le voleur[1] tourne tant qu'il entre au lieu guetté[2].
Les marques de sa cruauté
Parurent avec l'aube[3]; on vit un étalage
De corps sanglants et de carnage.
Le maître ne trouva de recours qu'à crier
Contre ses gens, son chien : c'est l'ordinaire usage :
« Ah! maudit animal, qui n'es bon qu'à noyer,
Que n'avertissais-tu dès l'abord du carnage?
— Que ne l'évitiez-vous[4]? C'eût été plus tôt fait :
Si vous, maître et fermier, à qui touche le fait[5],
Dormez sans avoir soin que la porte soit close,
Voulez-vous que moi, chien, qui n'ai rien à la chose,
Sans aucun intérêt je perde le repos? »
Ce chien parlait très à propos.
Son raisonnement pouvait être
Fort bon dans la bouche d'un maître;
Mais n'étant que d'un simple chien,
On trouva qu'il ne valait rien :
On vous sangla le pauvre drille.
Toi donc, qui que tu sois, ô père de famille,

T'attendre aux yeux d'autrui[6] quand tu dors, c'est erreur.
Couche-toi le dernier, et vois fermer ta porte.
Que si quelque affaire t'importe[7],
Ne la fais point par procureur[8].

La Fontaine.

1. Le renard.
2. Dans le poulailler qu'il guettait inutilement depuis longtemps.
3. Au point du jour.
4. C'est le chien qui répond.
5. Que ce fait concerne.
6. Compter sur la vigilance d'autrui.
7. Si tu as quelque affaire importante.
8. N'en charge personne et fais-la toi-même.

XIII

HYMNE A DIEU AVANT LE JOUR.

Tandis que le sommeil, réparant la nature,
   Tient enchaînés le travail et le bruit[1],
Nous rompons ses liens[2], ô clarté[3] toujours pure!
   Pour te louer dans la profonde nuit.

Que dès notre réveil notre voix te bénisse,
   Qu'à te chercher notre cœur empressé
T'offre ses premiers vœux, et que par toi finisse
   Le jour par toi saintement commencé[4].

L'astre[5] dont la lumière écarte la nuit sombre
   Viendra bientôt recommencer son tour.
O vous, noirs ennemis qui vous glissez dans l'ombre,
   Disparaissez à l'approche du jour!

Nous t'implorons, Seigneur! tes bontés sont nos armes;
   De tout péché rends-nous purs à tes yeux[6].
Fais que t'ayant chanté dans ce séjour de larmes[7],
   Nous te chantions dans le repos des cieux!

RACINE.

1. C'est-à-dire : Tandis que le sommeil, réparant les forces des êtres animés, suspend tous les travaux et fait régner le silence.

2. Nous rompons les liens dont le sommeil enchaînait nos sens; nous nous arrachons aux douceurs du repos.

3. O Dieu, qui es la lumière éternelle, la lumière toujours pure.

4. Inversion. Que notre cœur, empressé à te chercher, t'offre ses premiers vœux dès avant l'aurore, et que le jour, commencé saintement par toi, finisse par toi; c'est-à-dire en nous éveillant, notre première pensée est pour toi, et quand la journée sera finie, notre dernière pensée, avant de nous livrer au sommeil, sera encore pour toi.

5. Le soleil. Ceci s'appelle une périphrase.

6. Fais que nous soyons devant toi purs de tout péché!

7. C'est-à-dire *sur la terre*. Accorde-nous de chanter un jour louanges dans le ciel.

XIV

LE NID DE FAUVETTE[1].

Je le tiens[2], ce nid de fauvette!
Ils sont deux, trois, quatre petits!
Depuis si longtemps je vous guette,
Pauvres oiséaux, vous voilà pris.

Criez, sifflez, petits rebelles,
Débattez-vous; oh! c'est en vain :
Vous n'avez point encore d'ailes;
Comment vous sauver de ma main?

Mais quoi! n'entends-je point leur mère
Qui pousse des cris douloureux?
Oui, je le vois, oui, c'est leur père
Qui vient voltiger auprès d'eux.

Ah! pourrais-je causer leur peine,
Moi qui, l'été, dans les vallons,
Venais m'endormir sous un chêne
Au bruit de leurs douces chansons?

1. Dans cette pièce sont exprimés les sentiments d'un jeune garçon qui vient de s'emparer d'un nid de fauvette. D'abord, il est tout entier à la joie que lui inspire sa conquête; puis voyant le père et la mère voltiger autour de lui avec des cris de détresse, il s'attendrit, il se reproche d'être cause de leur désespoir, il se souvient du plaisir que lui a souvent causé le chant de ces aimables oiseaux, il s'attendrit à la pensée de la douleur qu'éprouverait sa mère si on lui enlevait son fils, et il se décide à remettre le nid à la place d'où il l'avait enlevé.

Dans toute cette pièce, c'est le jeune garçon qui parle.

L'instituteur profitera de cette occasion pour recommander aux enfants de ne point enlever les nids des oiseaux, surtout des fauvettes, qui ne font aucun mal, qui détruisent, au contraire, une grande quantité de chenilles, et dont le chant est si agréable.

2. *Je le tiens*, c'est-à-dire *je viens de m'en emparer, le voici dans mes mains.*

Hélas! si du sein de ma mère
Un méchant venait me ravir[1],
Je le sens bien, dans sa misère[2],
Elle n'aurait plus qu'à mourir[3].

Et je serais assez barbare
Pour vous arracher vos enfants!...
Non, non, que rien ne vous sépare;
Non, les voici, je vous les rends.

Apprenez-leur, dans le bocage,
A voltiger auprès de vous;
Qu'ils écoutent votre ramage,
Pour former des sons aussi doux.

Et moi, dans la saison prochaine,
Je reviendrai dans ces vallons
Dormir quelquefois sous un chêne
Au bruit de leurs jeunes chansons[4].

BERQUIN.

XV

LES JEUNES PÊCHERS.

O tendres arbrisseaux, l'espoir de mon verger,
Fertiles nourrissons de Pomone et de Flore[5],
Des fureurs de l'hiver[6] redoutez le danger,
Et retenez vos fleurs qui s'empressent d'éclore,
Séduites par l'éclat d'un beau jour passager.

1. Inversion : *Si un méchant venait me ravir du sein de ma mère*, c'est-à-dire *m'enlever à ma mère.*
2. *Misère* signifie ici *malheur.*
3. *Elle mourrait de chagrin.*
4. *Jeune chanson* est une expression poétique, pour dire *les chansons de ces jeunes oiseaux.*
5. Dans la mythologie, Flore était la déesse des **fleurs**, et Pomone celle des fruits.
6. Inversion.

La voix du rossignol est encore muette,
L'hirondelle en ces jours craint de nouveaux frissons,
    Et la timide violette
    Se cache encor sous les gazons.

    Imitez la sage anémone,
Craignez des vents du nord[1] les dangereux retours,
    Attendez que Flore et Pomone
    Vous puissent prêter leur secours.

    Et toi, soleil, père de la nature,
Viens répandre en ces lieux tes fécondes chaleurs;
Dissipe les frimas, écarte la froidure
    Qui brûle nos fruits et nos fleurs.

J. B. ROUSSEAU.

XVI

HOMMAGE A LA SAINTE VIERGE.

Accepte notre hommage et souffre nos louanges,
    Lis tout céleste en pureté,
    Rose d'immortelle beauté,
Vierge, mère de l'humble et maîtresse des anges,
Tabernacle vivant du Dieu de l'univers :
Contre le dur assaut de tant de maux divers
Donne-nous de la force et prête-nous ton aide ;
    Et jusqu'en ce vallon de pleurs,
Fais-en du haut du ciel descendre le remède[2],
Toi qui sais excuser les fautes des pécheurs.
Avant que du Seigneur[1] la sagesse profonde

---

1. Inversion.
2. La construction est : « Fais-en descendre le remède (c'est-
à-dire le remède de tant de maux divers) du haut du ciel jus-
que dans ce vallon de pleurs ; » c'est-à-dire: « Sur cette terre. »
La terre est appelée souvent par les auteurs religieux une
vallée de larmes, à cause des maux dont la vie humaine est
assiégée.

Sur la terre et les cieux[1] daignât se déployer,
Avant que du néant[1] sa voix tirât le monde
Qu'à ce même néant[1] sa voix doit renvoyer,
De toute éternité sa prudence adorable
Te destina pour mère à son Verbe ineffable[2],
A ses anges pour reine, aux hommes pour appui;
Et sa bonté dès lors élut ton ministère,
Pour nous tirer du gouffre où notre premier père
Nous a d'un seul péché[3] plongés tous avec lui.

CORNEILLE.

XVII

L'ÉCUREUIL, LE CHIEN ET LE RENARD.

FABLE.

Un gentil écureuil était le camarade,
    Le tendre ami d'un beau danois[4].
Un jour qu'ils voyageaient, comme Oreste et Pylade[5],
    La nuit les surprit dans un bois.
En ce lieu, point d'auberge; ils eurent de la peine,
    A trouver où se bien coucher.
Enfin le chien se mit dans le creux d'un vieux chêne,
Et l'écureuil plus haut[1] grimpa pour se nicher.
    Vers minuit (c'est l'heure des crimes),
    Longtemps après que nos amis
En se disant bonsoir se furent endormis,
Voici qu'un vieux renard, affamé de victimes,
Arrive au pied de l'arbre, et, levant le museau,
    Voit l'écureuil sur un rameau.

1. Inversion.
2. C'est-à-dire : « A son propre fils, dont la perfection ne peut être exprimée par des paroles. »
3. C'est-à-dire : « Par un seul péché. »
4. Très-gros chien.
5. Deux amis célèbres.

Il le mange des yeux, humecte de sa langue
Ses lèvres, qui de sang[1] brûlent de s'abreuver.
Mais jusqu'à l'écureuil[1] il ne peut arriver :
    Il faut donc, par une harangue,
L'engager à descendre ; et voici son discours :
    « Ami, pardonnez, je vous prie,
Si de votre sommeil[1] j'ose troubler le cours ;
Mais le pieux transport dont mon âme est remplie
Ne peut se contenir ; je suis votre cousin
       Germain,
Votre mère était sœur de feu mon digne père.
Cet honnête homme, hélas ! à son heure dernière,
M'a tant recommandé de chercher son neveu
    Pour lui donner moitié du peu
Qu'il a laissé de bien ! Venez donc, mon cher frère,
    Venez, par un embrassement,
Combler le doux plaisir que mon âme ressent.
Si je pouvais monter jusqu'aux lieux où vous êtes,
Oh ! j'y serais déjà, soyez-en bien certain. »
    Les écureuils ne sont pas bêtes,
    Et le mien était fort malin :
    Il reconnaît le patelin,
Et répond d'un ton doux : « Je meurs d'impatience
    De vous embrasser, mon cousin ;
Je descends ; mais, pour mieux lier la connaissance,
Je veux vous présenter mon plus fidèle ami,
Un parent qui prit soin de nourrir mon enfance ;
Il dort dans ce trou-là : frappez un peu ; je pense
Que vous serez charmé de le connaître aussi. »
    Aussitôt maître Renard frappe,
Croyant en manger deux ; mais le fidèle chien
    S'élance de l'arbre, le happe
    Et vous l'étrangle bel et bien.
Ceci prouve deux points : d'abord qu'il est utile
Dans la douce amitié[1] de placer son bonheur ;
Puis qu'avec de l'esprit il est souvent facile,
Au piége qu'il nous tend[1], de surprendre un trompeur.
FLORIAN.

1. Inversion.

XVIII

DISTIQUES MORAUX.

Écoute mes leçons : puissent-elles ensuite
De ton cœur[1], mon cher fils, passer en ta conduite !

Adore le Seigneur, révère tes parents,
Et tous ceux qui, sans l'être, en ont les sentiments.

Ne mens pas; le menteur n'en impose à personne.
Quand l'aveu suit la faute, aussitôt je pardonne[2].

Apprends avec plaisir : l'étude a ses douceurs,
Et nous procure encor des biens et des honneurs.

Qui te trompe une fois en te faisant caresse,
Te trompera toujours : il connaît ta faiblesse[3].

Qui te flatte te hait : la voix de l'amitié
Contre tous nos défauts[1] s'élève sans pitié.

Croire tout est d'un sot; mais ne croire personne,
N'appartient qu'au méchant, qu'à mon tour je soupçonne[4].

Si d'un crime[1] à mes yeux tu peux cacher l'horreur[5],
Songe que Dieu te voit; il lit même en ton cœur.

D'un secret[1] l'ami seul doit percer le mystère[6] :
Ce que tu veux qu'on taise, il faut d'abord le taire.

1. Inversion.
2. Celui qui nous aime nous reproche nos fautes sans ména-
gement.
3. Il connaît ton faible, c'est-à-dire ton penchant à croire
ceux qui te flattent.
4. Je soupçonne celui qui ne se fie à personne de ne mériter
lui-même aucune confiance.
5. Si tu peux cacher aux hommes une mauvaise action.
6. Tu ne dois confier ton secret qu'à un ami.

De tableaux indécents[1] ne sois point curieux,
Car la corruption se glisse par les yeux.

Pour les discours impurs[2] garde une oreille austère
Évite avec grand soin celui qui les profère.

L'étude à ton esprit[2] servira d'aliment ;
Sa racine est amère, et son fruit excellent.

Le jeu vole le temps[3] ; au lieu que la lecture
De celui qu'elle prend[2] nous paye avec usure.

Le repos modéré raffermit nos ressorts :
Trop long, il engourdit et l'esprit et le corps.

Si tu fais des heureux, tu le seras toi-même :
Si tu n'aimes autrui, n'espère pas qu'on t'aime.

Ne porte point envie au bonheur du méchant :
Il lui faut tôt ou tard subir son châtiment.

Aimes-tu le repos, travaille en ta jeunesse :
C'est par là qu'on s'assure une douce vieillesse.

Ne faisons rien qui puisse avilir son auteur[4] :
Faute d'autres témoins, nous avons notre cœur[5].

Dieu même sur ta langue[2] ordonne que tu veilles[6] :
Il ne t'en a fait qu'une, il t'a fait deux oreilles.

---

1. Écoute avec mépris, ou plutôt n'écoute pas les propos contraires à la décence.

2. Inversion.

3. Le temps passé au jeu est perdu pour nous et nous est, pour ainsi dire, volé. (Il ne s'agit point des divertissements honnêtes et d'une courte durée.)

4. Ne commettons pas d'action qui déshonore celui qui l'a faite. — Ce vers n'est pas heureusement tourné.

5. Si personne n'a été témoin d'une mauvaise action faite par nous, notre cœur, c'est-à-dire notre conscience, est comme un témoin qui nous la reproche.

6. Que tu veilles sur ta langue, c'est-à-dire que tu parles peu et avec réflexion.

Revois souvent le bien que tu veux conserver[1],
Et jamais les voleurs n'oseront l'enlever.

La paresse avilit l'insensé qu'elle enivre;
Le travail au contraire honore qui s'y livre.

Point de vin, ou du moins mêles-y beaucoup d'eau;
Sans cela sur le feu tu mets un feu nouveau[2].

Sois modeste en ton air, modeste en ton langage,
Et la douce amitié t'offrira son hommage[3].

Évitons la colère et ses transports honteux :
Opposons à l'injure un mépris généreux.

L'aquilon fait la guerre aux chênes des montagnes :
L'arbrisseau croît en paix au sein de nos campagnes :

Ainsi de grands dangers menacent la grandeur,
Et c'est sous l'humble toit[4] qu'habite le bonheur[5].

(Imité du latin de Moret.)

XIX

TENDRESSE D'UNE MÈRE POUR SON ENFANT.
PREMIÈRE ÉDUCATION.

Quels tendres soins! Dort-il; attentive, elle chasse
L'insecte dont le vol ou le bruit le menace;

1. Veille à ce qui t'appartient.
2. Si tu bois du vin en quantité, tu mets du feu sur du feu,
c'est-à-dire au lieu d'éteindre en toi le feu des mauvaises passions, tu l'allumes davantage.
3. Si tu veux avoir des amis, sois modeste en tout.
4. Humble toit : c'est-à-dire petite maison.
5. Le sens de ces quatre vers est : De même que les grands
chênes sur les hautes montagnes sont attaqués par les aquilons,
qui souvent les déracinent, tandis que les arbrisseaux dans la
plaine sont à l'abri de leur fureur; de même les hommes qui

Elle semble défendre au réveil d'approcher.
La nuit même d'un fils ne peut la détacher[1] ;
Son oreille de l'ombre écoute le silence[2],
Ou, si Morphée[3] endort sa tendre vigilance,
Au moindre bruit ouvrant ses yeux appesantis,
Elle vole, inquiète, au berceou de son fils,
Dans le sommeil[4] longtemps le contemple immobile,
Et rentre dans sa couche à peine encor tranquille[5].
S'éveille-t-il, son sein, à l'instant présenté,
Dans les flots d'un lait pur[6] lui verse la santé.
Qu'importe la fatigue à sa tendresse extrême?
Elle vit dans son fils, et non pour elle-même.
Quel zèle infatigable et quels généreux soins!
Bientôt d'autres bontés suivent d'autres besoins[7].
L'enfant de jour en jour avance dans la vie,
Et, comme les aiglons qui, cédant à l'envie
De mesurer les cieux dans leur premier essor,
Exercent près du nid leur aile faible encor,
Doucement soutenu sur ses mains chancelantes,
Il commence l'essai de ses forces naissantes[8].
Sa mère est près de lui; c'est elle dont le bras
Dans leur débile effort aide ses premiers pas :
Elle suit la lenteur de sa marche timide;
Elle fut sa nourrice, elle devint son guide :

occupent des places élevées sont en butte aux coups de la fortune, tandis que les hommes qui occupent une position modeste vivent tranquilles.

1. La nuit ne peut la détacher de son fils, c'est-à-dire le lui faire oublier.

2. *Écoute le silence de l'ombre*, cette expression poétique signifie : elle écoute si quelque bruit n'interrompt pas le silence de la nuit.

3. Le *Sommeil*, nom tiré de la mythologie.

4. Inversion.

5. Tranquille se rapporte à *elle*, c'est-à-dire à la mère.

6. Lui verse la santé dans des flots de lait, c'est-à-dire lui donne à teter.

7. L'enfant a ensuite d'autres besoins, et alors sa mère lui donne d'autres marques de tendresse.

8. Il essaye d'apprendre à marcher.

Elle devient son maître au moment où sa voix
Bégaye à peine un nom qu'elle entendit cent fois.
Ma mère! est le premier qu'elle l'enseigne [1] à dire ;
Elle est son maître encor dès qu'il s'essaye à lire.

LEGOUVÉ.

XX

L'ÉCOLIER.

FABLE.

Un tout petit enfant s'en allait à l'école.
On avait dit : « Allez! » Il tâchait d'obéir ;
Mais son livre était lourd : il ne pouvait courir.
Il pleure et suit de loin une abeille qui vole.
« Abeille, lui dit-il, voulez-vous me parler?
Moi, je vais à l'école : il faut apprendre à lire.
Mais le maître est tout noir, et je n'ose pas rire ;
Voulez-vous rire, abeille, et m'apprendre à voler?

— Non, dit-elle, j'arrive et je suis très-pressée,
J'avais froid : l'aquilon [2] m'a longtemps oppressée ;
Enfin, j'ai vu les fleurs, je redescends du ciel,
Et je vais commencer mon doux rayon de miel.
Voyez! j'en ai déjà puisé dans quatre roses [3] ;
Avant une heure encor, nous en aurons d'écloses.
Vite, vite à la ruche ! on ne rit pas toujours :
C'est pour faire le miel qu'on nous rend les beaux jours [4]. »
Elle fuit et se perd sur la route embaumée.

1. Lui enseigne.
2. Le vent du nord, l'hiver.
3. Ceci se passe au commencement du printemps, et les roses, à cette époque, ne fleurissent pas encore. Le poëte, en se servant du mot *rose*, a voulu indiquer une fleur quelconque.
4. Si les beaux jours nous sont rendus, *c'est-à-dire* sont revenus, c'est pour que nous les employions à faire du miel.

Le frais lilas sortait d'un vieux mur entr'ouvert ;
Il saluait l'aurore, et l'aurore charmée
Se montrait sans nuage et riait de l'hiver.
Une hirondelle passe : elle effleure la joue
Du petit nonchalant qui s'attriste et qui joue ;
Et dans l'air suspendue, en redoublant sa voix,
Fait tressaillir l'écho qui dort au fond des bois.
« Oh! bonjour, dit l'enfant, qui se souvenait d'elle ;
Je t'ai vue à l'automne ; oh! bonjour, hirondelle.
Viens! tu portais bonheur à ma maison [1], et moi,
Je voudrais du bonheur. Veux-tu m'en donner, toi?
Jouons. — Je le voudrais, répond la voyageuse ;
Car je respire à peine et je me sens joyeuse.
Mais j'ai beaucoup d'amis qui doutent du printemps [2] ;
Ils rêveraient ma mort [3] si je tardais longtemps.
Non, je ne puis jouer. Pour finir leur souffrance [4],
J'emporte un brin de mousse en signe d'espérance [5].
Nous allons relever nos palais dégarnis [6] :
L'herbe croît, c'est l'instant d'aller faire les nids.
J'ai tout vu ; maintenant, fidèle messagère,
Je vais chercher mes sœurs, là-bas sur le chemin.
Ainsi que nous, enfant, la vie est passagère [7] ;
Il faut en profiter. Je me sauve.... A demain! »

L'enfant reste muet, et, la tête baissée,
Rêve et compte ses pas pour tromper son ennui,

---

1. Ceci est une superstition populaire. On se figure que les hirondelles portent bonheur aux maisons où elles font leur nid ; cette superstition a cela d'avantageux qu'elle favorise la multiplication de ces oiseaux, qui détruisent une très-grande quantité de chenilles.

2. Qui croient que le printemps n'est pas encore réellement arrivé.

3. Ils croiraient que j'ai péri.

4. Pour mettre fin à leur inquiétude.

5. Cette mousse est verte, et le vert est la couleur de l'espérance.

6. Nous allons refaire nos nids.

7. Notre séjour dans ce pays n'est pas long ; la vie non plus n'est pas de longue durée.

Quand le livre importun, dont sa main est lassée,
Rompt ses fragiles nœuds et tombe auprès de lui.
Un dogue l'observait du fond de sa demeure[1].
Stentor[2], gardien sévère et prudent à la fois,
De peur de l'effrayer retient sa grosse voix.
Hélas ! peut-on crier contre un enfant qui pleure ?
« Bon dogue, voulez-vous que je m'approche un peu ?
Dit l'écolier plaintif. Je n'aime pas mon livre ;
Voyez ! ma main est rouge : il en est cause. Au jeu,
Rien ne fatigue, on rit, et moi je voudrais vivre
Sans aller à l'école, où l'on tremble toujours.
Je m'en plains tous les soirs et j'y vais tous les jours ;
J'en suis très-mécontent. Je n'aime aucune affaire.
Le sort des chiens me plaît ; car ils n'ont rien à faire.

— Écolier ! voyez-vous le laboureur aux champs ?
Eh bien, ce laboureur, dit Stentor, c'est mon maître.
Il est très-vigilant ; je le suis plus peut-être.
Il dort la nuit, et moi j'écarte les méchants.
J'éveille aussi ce bœuf, qui, d'un pas lent, mais ferme,
Va creuser les sillons quand je garde la ferme.
Pour vous-même on travaille ; et, grâce à vos brebis,
Votre mère, en chantant, vous file des habits.
Par le travail tout plaît, tout s'unit, tout s'arrange ;
Allez donc à l'école ; allez, mon petit ange ! »

L'enfant crut le bon dogue ; il travailla gaîment,
Et dans le mois des fruits il lisait couramment.

Mme DESBORDES-VALMORE.

---

1. Du fond de la niche où il est attaché.
2. Nom de chien. Prononcez *Stintor*.

XXI

TRAVAIL ET CHARITÉ.

STANCES [1].

Voici venir, mes sœurs, le dernier mois d'automne;
Un beau jour, maintenant, est rare et passager.
Le pauvre, demi-nu, des premiers froids [2] s'étonne;
 Travaillons pour le soulager.

Toi, reprends, Aglaé, l'aiguille intelligente
 Qui nous rend nos bouquets de fleurs;
 Toi, la navette diligente
Qui marie, en courant, leurs joyeuses couleurs [3].

Donnez-moi mes pinceaux [4]; la nature éveillée
Se dégage de l'ombre et rit de toutes parts:
Un rayon de soleil court sur l'herbe mouillée;
Et ces pâles bouleaux [5] rassemblent les brouillards
 Autour de leur cime effeuillée [6].

1. Une jeune fille s'adresse à ses sœurs et les engage à travailler avec elle pour les pauvres.

2. Inversion.

3. Aglaé va broder, et son ouvrage imitera un bouquet de fleurs; une autre jeune fille fera de la tapisserie aux couleurs vives et nuancées.

4. Celle qui parle va peindre.

5. Le bouleau est un arbre dont l'écorce est blanche; voilà pourquoi le poëte dit: *Ces pâles bouleaux.* C'est avec les petites branches de cet arbre que l'on fait ces balais communs que les personnes qui ne parlent pas bien appellent *balais de bouillot;* il faut dire: *balais de bouleau.*

6. Cette stance signifie: Je ferai un tableau qui représentera la campagne au lever du soleil; en ce moment la nature semble *s'éveiller* et se dégager des ombres de la nuit; elle *rit*; c'est-à-dire elle a un aspect riant; je peindrai l'herbe encore humide de rosée, que frappe un rayon de soleil, et les bouleaux dont la cime est entourée par les brouillards du matin.

Poursuivons un projet par le cœur[1] entrepris ;
Appliquons-nous, mes sœurs, faisons de beaux ouvrages
Que les pauvres vendront aux riches de Paris[2].
Nous, à Dieu seulement demandons-en le prix,
    Sans rechercher d'autres suffrages.

L'hiver sera, mes sœurs, plus rude qu'on ne croit,
Et déjà, dans la cour, d'un ton piteux et triste,
Un tout petit enfant demande qu'on l'assiste,
En soufflant dans ses mains toutes rouges de froid.

Vous avez vu souvent, au seuil du presbytère,
Cette femme encor jeune et d'un maintien tremblant,
Qui nourrit un enfant, pâle comme sa mère,
    Et qui pleure en le consolant.

Au sortir de l'église, hier, je l'ai cherchée ;
On m'a dit que, malade et n'ayant point d'abri,
Dans la grange prochaine elle s'était couchée,
Et que l'enfant souffrait d'être si mal nourri.

Ma mère en a pleuré, puis m'a donné pour elle,
Et j'ai couru bien vite apporter ce secours ;
Mais ce n'est point assez : travaillons avec zèle,
Mes sœurs, et de tous deux[1] nous sauverons les jours[3].

    Dans notre livre de prières
(Je l'ai lu bien souvent, mes sœurs) il est écrit
    Que tous les pauvres sont nos frères ;
Oui, qu'ils sont, comme nous, enfants de Jésus-Christ.

La fortune, ici-bas, n'est pour nous qu'une épreuve.
Qui possède beaucoup, doit donner beaucoup d'or ;
Et qui possède peu, devra donner encor ;

---

1. Inversion.
2. Nous donnerons aux pauvres la broderie, la tapisserie, le tableau, et les pauvres les vendront à leur profit.
3. Le produit de notre travail sauvera la vie de la mère et de l'enfant.

C'est le cœur qui fait tout : le denier de la veuve
   Sera compté [1] comme un trésor.

Tel est des livres saints [2] l'enseignement suprême,
  Qu'un ange suit le pauvre et veille sur ses pas ;
  Qu'un refus est, là-haut, puni comme un blasphème ;
  Qu'un cri de faim maudit tous ceux qu'il n'émeut pas [3],
  Et qu'en donnant au pauvre, on prête à Dieu lui-même.

A. GUIRAUD.

XXII

L'AVEUGLE ET LE PARALYTIQUE.

HISTORIETTE.

   Aidons-nous mutuellement,
La charge des malheurs en sera plus légère ;
   Le bien que l'on fait à son frère
Pour le mal que l'on souffre est un soulagement [4].

   Dans une ville de l'Asie
   Il existait deux malheureux,
L'un perclus, l'autre aveugle, et pauvres tous les **deux.**
Ils demandaient au ciel de terminer leur vie ;
   Mais leurs vœux étaient superflus ;
Ils ne pouvaient mourir. Notre paralytique,
Couché sur un grabat dans la place publique,

---

  1. Sera compté dans le ciel. Le denier que donne une pauvre veuve a, aux yeux de Dieu, la même valeur qu'un trésor immense donné par un riche.

  2. Inversion.

  3. Qu'on est maudit lorsqu'en entendant crier : *J'ai faim !* on n'est pas ému.

  4. Inversion. Est un soulagement pour le mal que l'on souffre, c'est-à-dire on se sent soulagé de ses propres maux, lorsque l'on peut faire du bien à autrui. Par *frère* on entend le *prochain*, qu'il soit ou non de notre famille.

Souffrait sans être plaint : il en souffrait bien plus.
　　L'aveugle, à qui tout pouvait nuire,
　　Était sans guide, sans soutien,
　　Sans avoir même un pauvre chien
　　Pour l'aimer et pour le conduire.
　　Un certain jour, il arriva
Que l'aveugle à tâtons, au détour d'une rue,
　　Près du malade se trouva[1] ;
Il entendit ses cris, son âme en fut émue.
　　Il n'est tel que les malheureux[2]
　　Pour se plaindre les uns les autres.
« J'ai mes maux, lui dit-il, et vous avez les vôtres.
Unissons-les[3], mon frère, ils seront moins affreux.
— Hélas ! dit le perclus, vous ignorez, mon frère,
　　Que je ne puis faire un seul pas ;
　　Vous-même, vous n'y voyez pas :
A quoi nous servirait d'unir notre misère ?
— A quoi ? répond l'aveugle ; écoutez : à nous deux
Nous possédons le bien à chacun[1] nécessaire ;
　　J'ai des jambes et vous des yeux.
Moi, je vais vous porter ; vous, vous serez mon guide.
Vos yeux dirigeront mes pas mal assurés ;
Mes jambes, à leur tour, iront où vous voudrez.
Ainsi, sans que jamais notre amitié décide
Qui de nous deux remplit le plus utile emploi[4],
Je marcherai pour vous, vous y verrez pour moi. »

　　　　　　　　　　　　　FLORIAN.

1. Inversion.
2. Cette tournure a un peu vieilli ; le sens est : Il n'y a personne qui soit aussi sensible aux malheurs d'autrui que ceux qui sont malheureux eux-mêmes.
3. Unissons nos maux, c'est-à-dire vivons ensemble.
4. Sans nous inquiéter de savoir lequel des deux est le plus utile à l'autre.

XXIII

L'ŒIL DU MAITRE [1].

FABLE.

Un cerf s'étant sauvé dans une étable à bœufs,
  Fut d'abord averti par eux
  Qu'il cherchât un meilleur asile.
« Mes frères, leur dit-il, ne me décelez pas :
Je vous enseignerai les pâtis [2] les plus gras ;
Ce service vous peut quelque jour être utile,
  Et vous n'en aurez point regret. »
Les bœufs, à toutes fins [3], promirent le secret.
Il se cache en un coin, respire et prend courage.
Sur le soir on apporte herbe fraîche et fourrage,
  Comme l'on faisait tous les jours :
  L'on va, l'on vient, les valets font cent tours,
  L'intendant même ; et pas un d'aventure [4]
  N'aperçut ni cor [5], ni ramure,
  Ni cerf enfin. L'habitant des forêts
Rend déjà grâce aux bœufs, attend dans cette étable

1. Le sens de cette fable est que le maître fait toujours plus d'attention à ce qui lui appartient et à ce qui le regarde, que toute autre personne ; et que, par conséquent, on doit autant que possible faire ses affaires soi-même et veiller personnellement à tout, parce que les soins ou la surveillance d'un étranger ou d'un domestique ne remplacent jamais suffisamment ceux du maître. C'est dans ce sens que l'on dit vulgairement : *L'œil du maître engraisse le bétail.* C'est dans le même sens que la *Science du bonhomme Richard* dit : « Si tu veux que ton affaire se fasse mal ou même ne se fasse pas du tout, envoie quelqu'un pour la faire à ta place ; si tu veux qu'elle se fasse bien, va la faire toi-même. » Voir page 17.
2. Pâtis, pâturages.
3. Quoi qu'il dût arriver.
4. *D'aventure.* Cette expression n'est plus guère en usage.
5. Bouture de corne. Un cerf est dix-cors à sept ans, parce qu'alors sa *ramure* ou son bois se compose de dix branches.

Que, chacun retournant au travail de Cérès[1],
Il trouve pour sortir un moment favorable.
L'un des bœufs ruminant lui dit : « Cela va bien ;
Mais quoi ! l'homme aux cent yeux[2] n'a pas fait sa revue :
  Je crains fort pour toi sa venue ;
Jusque-là, pauvre cerf, ne te vante de rien. »
Là-dessus le maître entre et vient faire sa ronde.
  « Qu'est ceci ? dit-il à son monde ;
Je trouve bien peu d'herbe en tous ces râteliers.
Cette litière est vieille ; allez vite aux greniers[3],
Je veux voir désormais vos bêtes mieux soignées.
Que coûte-t-il d'ôter toutes ces araignées ?
Ne saurait-on ranger ces jougs et ces colliers ? »
En regardant à tout, il voit une autre tête
Que celles qu'il voyait d'ordinaire en ce lieu.
Le cerf est reconnu : chacun prend un épieu ;
  Chacun donne un coup à la bête.
Ses larmes[4] ne sauraient la sauver du trépas.
On l'emporte, on la sale, on en fait maint[5] repas.
  Dont maint voisin s'éjouit[6] d'être.

  Il n'est, pour voir, que l'œil du maître.

LA FONTAINE.

1. C'est-à-dire au travail agricole. Cérès était, dans la fausse religion des païens, une déesse qui présidait à l'agriculture.

2. L'homme qui voit si bien tout, que l'on dirait qu'il a cent yeux.

3. Afin d'y chercher de la paille pour mettre sous les animaux de la litière fraîche.

4. Le cerf pleure lorsqu'il est pris et qu'il ne peut plus se défendre.

5. *Maint*, ancienne expression pour dire *plusieurs*.

6. Se réjouit.

XXIV

L'HEUREUSE ÉDUCATION.

O bienheureux mille fois
L'enfant que le Seigneur aime,
Qui, de bonne heure, entend sa voix,
Et que ce Dieu daigne instruire lui-même !

Tel en un secret vallon,
Sur le bord d'une onde pure,
Croît à l'abri de l'aquilon,
Un jeune lis, l'amour de la nature ;
Loin du monde élevé, de tous les dons des cieux
Il est orné dès son enfance [1],
Et du méchant [2] l'abord contagieux,
N'altère point son innocence.

Heureuse, heureuse l'enfance,
Que le Seigneur instruit et prend sous sa défense !
O bienheureux mille fois,
L'enfant que le Seigneur rend docile à ses lois !

RACINE.

XXV

LES DEUX JARDINIERS.

HISTORIETTE.

Deux frères jardiniers avaient pour héritage
Un jardin, dont chacun cultivait la moitié ;

[1]. La construction est : élevé loin du monde, il est, dès sa
naissance, orné de tous les dons des cieux. *Loin du monde* signifie ici loin des séductions, des *vanités du monde.*
[2]. Inversion.

3

Liés d'une étroite amitié,
Ensemble ils faisaient leur ménage.
L'un d'eux, appelé Jean, bel esprit, beau parleur,
Se croyait un très-grand docteur;
Et monsieur Jean passait sa vie
A lire l'almanach, à regarder le temps,
Et la girouette et les vents.
Bientôt, donnant l'essor à son rare génie,
Il voulut découvrir comment d'un pois tout seul[1]
Des milliers de pois peuvent sortir si vite;
Pourquoi la graine du tilleul,
Qui produit un grand arbre, est pourtant plus petite
Que la fève, qu'on cueille[2] à deux pieds du terrain;
Enfin par quel secret mystère
Cette fève, qu'on sème au hasard sur la terre,
Sait se retourner dans son sein,
Place en bas sa racine et pousse en haut sa tige.
Tandis qu'il rêve et qu'il s'afflige
De ne point pénétrer ces importants secrets,
Il n'arrose point son marais[3];
Ses épinards et sa laitue
Sèchent sur pied; le vend du nord lui tue
Ses figuiers, qu'il ne couvre pas.
Point de fruit au marché, point d'argent dans la bourse;
Et le pauvre docteur[4], avec ses almanachs,
N'a que son frère pour ressource.
Celui-ci, dès le grand matin,
Travaillait en chantant quelque joyeux refrain,
Bêchait, arrosait tout du pêcher à l'oseille[5].
Sur ce qu'il ignorait, sans vouloir discourir,
Il semait bonnement pour pouvoir recueillir.
Aussi dans son terrain[1] tout venait à merveille;

1. Inversion.
2. Qui ne s'élève pas à plus de 2 pieds (60 centimètres).
3. A Paris, on appelle marais un jardin potager.
4. Jean. Le poëte lui donne ironiquement le titre de *docteur*
parce qu'il voulait faire le savant.
5. Depuis le pêcher jusqu'à l'oseille. Dans quelques rares
occasions, on arrose le pied des espaliers.

Il avait des écus, des fruits et du plaisir.
    Ce fut lui qui nourrit son frère;
    Et quand monsieur Jean tout surpris
S'en vint lui demander comment il savait faire:
« Mon ami, lui dit-il, voici tout le mystère:
    Je travaille, et tu réfléchis;
    Lequel rapporte davantage?
    Tu rêves tandis que j'agis;
    Qui de nous deux est le plus sage? »

FLORIAN.

XXVI

LES FRELONS ET LES MOUCHES A MIEL.

FABLE.

    A l'œuvre on connaît l'artisan [1].
Quelques rayons de miel sans maître se trouvèrent[2];
    Des frelons les réclamèrent;
    Des abeilles s'opposant,
Devant certaine guêpe on traduisit la cause[3].
Il était malaisé de décider la chose:
Les témoins déposaient qu'autour de ces rayons,
Des animaux ailés, bourdonnants, un peu longs,
De couleur fort tannée, et tels que les abeilles,
Avaient longtemps paru. Mais quoi! dans les frelons
    Ces enseignes étaient pareilles[4].

1. A la manière dont un ouvrage est fait, on juge quel est l'ouvrier qui a pu le faire

2. Se trouvèrent sans maître, c'est-à-dire sans propriétaire, sans possesseur.

3. On traduisit la cause devant une guêpe, c'est-à-dire une guêpe fut chargée de juger cette cause; *cause* veut dire ici *discussion, procès.*

4. Si ces animaux que les témoins avaient vus autour des rayons de miel et à qui ces rayons appartenaient paraissaient

La guêpe, ne sachant que dire à ces raisons,
Fit enquête nouvelle, et, pour plus de lumière,
　　　Entendit une fourmilière.
　　　Le point n'en put être éclairci.
　　　« De grâce, à quoi bon tout ceci?
　　　Dit une abeille fort prudente.
Depuis tantôt six mois que l'affaire est pendante[1],
　　　Nous voici comme aux premiers jours[2].
　　　Pendant cela le miel se gâte.
Il est temps désormais que le juge se hâte :
　　　N'a-t-il point assez léché l'ours[3]?
Sans tant de contredits et d'interlocutoires[4],
　　　Et de fatras et de grimoires,
　　　Travaillons, les frelons et nous :
On verra qui sait faire avec un suc si doux,
　　　Des cellules si bien bâties. »

　　　Le refus des frelons fit voir
　　　Que cet art passait leur savoir[5];
Et la guêpe adjugea le miel à leurs parties[6].

　　　　　　　　LA FONTAINE.

être des abeilles, il se pouvait aussi que ce fussent des frelons,
parce que les frelons sont aussi *ailés, bourdonnants, un peu
longs, de couleur fort tannée.*

1. *Est pendante*, est soumise au juge.
2. Nous ne sommes pas plus avancés qu'au premier jour.
3. *Léché l'ours*, travaillé l'affaire pour la mettre en meilleur état. Cette expression n'est plus guère en usage. Elle vient
de ce que l'ours lèche, dit-on, ses petits, pour les rendre moins
difformes.
4. Termes de procédure.
5. Les frelons *refusèrent* de concourir, comme l'abeille
l'avait proposé ; le *refus* fit voir qu'ils n'étaient point capables
de faire du miel. La guêpe conclut de là qu'ils n'avaient point
fait le miel qu'ils réclamaient, et que ce miel était l'ouvrage des
abeilles.
6. A leurs adversaires.

XXVII

STANCES MORALES.

Tout annonce d'un Dieu[1] l'éternelle existence[2] ;
On ne peut le comprendre[3], on ne peut l'ignorer.
La voix de l'univers annonce sa puissance,
Et la voix de nos cœurs dit qu'il faut l'adorer.

Mortels[4], tout est pour votre usage[5] ;
Dieu vous comble de ses présents.
Ah ! si vous êtes son image[6],
Soyez comme lui bienfaisants !

Enfant, crains d'être ingrat ; sois soumis, doux, sincère,
Obéis, si tu veux qu'on t'obéisse un jour ;
Vois ton Dieu dans ton père[7] ; un Dieu veut ton amour ;
Que celui qui t'instruit te soit un nouveau père[8].

Qui s'élève trop, s'avilit[9] ;
De la vanité[1] naît la honte.
C'est par l'orgueil qu'on est petit :
On est grand quand on le surmonte.

1. Inversion.
2. Tout dans l'univers nous révèle l'existence et la toute-puis-
sance de Dieu.
3. Notre esprit est trop faible pour comprendre l'Être infini
et éternel ; mais il nous est impossible de ne pas reconnaître
qu'il existe et qu'il est souverainement bon.
4. Hommes.
5. Tout ce que Dieu a créé est à l'usage de l'homme.
6. Dieu nous a faits à son image ; nous devons donc tâcher
d'être bons comme lui.
7. Regarde ton père comme tenant auprès de toi en ce monde
la place de Dien ; honore-le, aime-le.
8. Regarde comme un second père le maître qui t'instruit.
9. Celui qui veut trop s'élever s'abaisse.

Fuyez l'indolente paresse;
C'est la rouille attachée aux plus brillants métaux[1].
L'honneur, le plaisir même, est le fruit des travaux;
Le mépris et l'ennui sont nés de la mollesse[2].

Soyez vrai, mais discret; soyez ouvert, mais sage[3];
Et sans la[4] prodiguer, aimez la vérité :
    Cachez-la sans duplicité[5],
    Osez la dire avec courage[6].

    Réprimez tout emportement;
    On se nuit alors qu'on offense,
    Et l'on hâte son châtiment,
    Quand on croit hâter sa vengeance[7].

    La politesse est à l'esprit
    Ce que la grâce est au visage :
De la bonté[8] du cœur elle est la douce image,
    Et c'est la bonté qu'on chérit[9].

Le premier des plaisirs et la plus belle gloire,
    C'est de prodiguer les bienfaits :
Si vous en répandez, perdez-en la mémoire;
Si vous en recevez, publiez-le à jamais[10].

1. La paresse produit sur l'esprit le même effet que la rouille sur le fer.

2. Celui qui s'abandonne à la mollesse est méprisé et s'ennuie.

3. Soyez franc, mais prudent.

4. *La* se rapporte à la vérité. Aimez la vérité, **mais ne la révélez** pas sans nécessité.

5. Quand il faut ne pas dire une chose, sachez la taire sans mentir.

6. Quand il faut la dire, dites-la sans peur et sans détour.

7. Celui qui cherche à se venger fait mal et en sera bientôt puni.

8. Inversion.

9. On aime les personnes polies, parce que la politesse est une marque de bonté.

10. Ne parlez jamais des services que vous avez rendus, parlez souvent de ceux que vous avez reçus.

De l'émulation [1] distinguez bien d'envie,
L'une mène à la gloire, et l'autre au déshonneur;
    L'une est l'aliment du génie,
    Et l'autre est le poison du cœur.

Par un humble maintien, qu'on estime et qu'on aime
Adoucissez l'aigreur de vos rivaux jaloux [2],
    Devant eux rentrez en vous-même [3],
    Et ne parlez jamais de vous.

                      X

XXVIII

LE SAVANT ET LE FERMIER.

HISTORIETTE.

    Un bon fermier de mon pays
    Était religieux et sage;
Depuis quatre-vingts ans, de tout le voisinage
On venait écouter et suivre ses avis.
Chaque mot qu'il disait était une sentence.
Son exemple surtout aidait son éloquence;
Et, lorsqu'environné de ses nombreux enfants,
    Fils, petits-fils, brus, gendres, filles,
Il jugeait les procès ou réglait les familles,
Nul n'eût osé mentir devant ses cheveux blancs.
Je me souviens qu'un jour dans son champêtre asile
    Il vint un savant de la ville
Qui dit au bon vieillard : « Mon père, enseignez-moi
    Dans quel auteur, dans quel ouvrage,
    Vous apprîtes l'art d'être sage.

1. Inversion.
2. Pour vous faire aimer de vos rivaux, soyez modeste et humble.
3. Ne laissez pas voir que vous croyiez avoir du mérite.

Chez quelle nation, à la cour de quel roi,
  Avez-vous été, comme Ulysse [1],
  Prendre des leçons de justice?
Suivez-vous de Zénon [2] la rigoureuse loi?
Avez-vous embrassé la secte d'Épicure [2]?
Celle de Pythagore [2] ou du divin Platon [2]?
— De tous ces messieurs-là je ne sais pas le nom,
Répondit le vieillard : mon livre est la nature;
  Et mon unique précepteur,
   Après Dieu, c'est mon cœur.
Je vois les animaux, j'y trouve le modèle
  Des vertus que je dois chérir :
La colombe m'apprit à devenir fidèle;
En voyant la fourmi, j'amassai pour jouir;
  Mes bœufs m'enseignent la constance,
Mes brebis la douceur, mes chiens la vigilance;
  Et, si j'avais besoin d'avis
  Pour aimer mes filles, mes fils,
La poule et ses poussins me serviraient d'exemple.
Ainsi dans l'univers tout ce que je contemple
M'avertit d'un devoir qu'il m'est doux de remplir.
Je fais souvent du bien pour avoir du plaisir,
J'aime et je suis aimé, mon âme est tendre et pure;
  Et, toujours selon ma mesure,
  Ma raison sait régler mes vœux;
  J'observe et je suis [3] la nature :
  C'est mon secret pour être heureux. »

FLORIAN.

1. Célèbre héros de l'antiquité.
2. Fameux philosophes de l'antiquité.
3. Du verbe *suivre*.

XXIX

LE SINGE ET LE CHAT.

FABLE.

[Ceux qui, dans une affaire épineuse et dangereuse, mettent quelqu'un en avant, lui laissent la difficulté et le danger, et gardent pour eux seuls l'amusement ou le profit, sont représentés dans cette fable par le singe; leurs dupes, par le chat. Il n'est pas rare qu'un enfant soit excité par de mauvais camarades à faire quelque action blâmable dont ils recueilleront le fruit, en lui en laissant tout le risque; et quant aux hommes, combien en voit-on qui se laissent compromettre et qui s'exposent pour des gens qui les abandonnent ensuite à leur mauvais sort!.... Tel est le sens de cette fable.]

Bertrand avec Raton, l'un Singe et l'autre Chat,
Commensaux d'un logis[1], avaient un commun maître.
D'animaux malfaisants c'était un très-bon plat[2];
Ils n'y craignaient tous deux aucun, quel qu'il pût être.
Trouvait-on quelque chose au logis de gâté,
L'on ne s'en prenait point aux gens du voisinage[3].
Bertrand dérobait tout; Raton, de son côté,
Était moins attentif aux souris qu'au fromage.
Un jour, au coin du feu, nos deux maîtres fripons
        Regardaient rôtir des marrons.
Les escroquer était une très-bonne affaire:
Nos galants[4] y voyaient double profit à faire;
Leur bien premièrement, et puis le mal d'autrui.

1. Vivant ensemble dans une même maison.
2. Inversion. Cette expression est ironique et plaisante : *Un bon plat d'animaux malfaisants*, c'est-à-dire un couple d'animaux malfaisants, *très-digne de ce titre*. Voilà ici le sens du mot *bon*.
3. Si quelque dégât était commis dans la maison, on ne soupçonnait pas les voisins, on savait bien que l'on devait en accuser le singe ou le chat.
4. Expression ironique. On désigne quelquefois par cette appellation des gens auxquels on ne doit pas se fier.

Bertrand dit à Raton : « Frère, il faut aujourd'hui
    Que tu fasses un coup de maître [1] :
Tire-moi ces marrons. Si Dieu m'avait fait naître
    Propre à tirer marrons du feu,
    Certes marrons verraient beau jeu. »
Aussitôt fait que dit : Raton avec sa patte,
    D'une manière délicate,
Écarte un peu la cendre, et retire les doigts ;
    Puis les reporte à plusieurs fois ;
Tire un marron, puis deux, et puis trois en escroque [2],
    Et cependant Bertrand les croque.
Une servante vient : adieu mes gens [3]. Raton
    N'était pas content, ce dit-on [4].

LA FONTAINE.

XXX

SIMPLICITÉ ET PURETÉ CHRÉTIENNE.

Pour t'élever de terre, homme, il te faut deux ailes,
La pureté du cœur et la simplicité ;
Elles te porteront avec facilité
Jusqu'à l'abîme heureux des clartés éternelles.
Celle-ci doit régner sur tes intentions,
Celle-là présider à tes affections,
Si tu veux de tes sens [5] dompter la tyrannie.
L'humble simplicité vole droit jusqu'à Dieu ;
La pureté l'embrasse, et l'une à l'autre unie
S'attache à ses bontés et les goûte en tout lieu.

---

1. Un coup de maître : un trait qui dénote une grande habileté.

2. Inversion. En escroque trois, en tire trois du feu ; et ces trois, c'est le singe qui les mange.

3. Mes gens, c'est-à-dire le singe et le chat, s'enfuient.

4. *Ce dit-on,* pour *dit-on, à ce qu'on dit ;* cette tournure a vieilli.

5. Inversion.

Si ton cœur était droit, toutes les créatures
Te seraient des miroirs et des livres ouverts
Où tu verrais sans cesse, en mille lieux divers,
Des modèles de vie et des doctrines pures.
Toutes comme à l'envi te montrent leur auteur :
Il a dans la plus basse[1] imprimé sa hauteur[2],
Et dans la plus petite[1] il est plus admirable ;
De sa pleine bonté[1] rien ne parle à demi,
Et du vaste éléphant[1] la masse épouvantable
Ne l'étale pas mieux que la moindre fourmi.
Purge l'intérieur[3], rends-le bon et sans tache,
Tu verras tout sans trouble et sans empêchement ;
Et tu sauras comprendre, et tôt, et fortement,
Ce que des passions[1] le voile épais te cache :
Au cœur bien net et pur[1] l'âme prête des yeux
Qui pénètrent l'enfer et percent jusqu'aux cieux ;
Il voit tout comme il est[4], et jamais ne s'abuse :
Mais le cœur mal purgé[5] n'a que les yeux du corps ;
Toute sa connaissance ainsi qu'eux est confuse,
Et tel qu'il est dedans, tel il juge au dehors.
Certes, s'il est ici[6] quelque solide joie,
C'est ce cœur épuré qui seul la peut goûter ;
Et s'il est quelque angoisse au monde à redouter,
C'est dans un cœur impur qu'elle entre et se déploie.
Dépouille donc le tien[7] de ce qui l'a souillé ;
Et vois comme le fer, par le feu[1] dérouillé,
Prend une couleur vive au milieu de la flamme ;
D'un plein retour vers Dieu[1] c'est là le vrai tableau ;
Son feu sait dissiper les pesanteurs de l'âme
Et faire du vieil homme un homme tout nouveau.

CORNEILLE.

(Traduit du livre de l'*Imitation de Jésus-Christ*.)

1. Inversion.
2. Sa grandeur. La grandeur de Dieu nous est révélée par ses
moindres créatures.
3. Purifie le cœur.
4. Il voit toutes les choses commes elles sont.
5. Le cœur qui n'a pas été suffisamment purifié.
6. Ici, c'est-à-dire sur la terre.
7. Ton cœur.

XXXI

LE LION DE FLORENCE.

FAIT HISTORIQUE.

[Le fait raconté dans les vers suivants s'est passé, dit-on, dans le moyen âge.]

Près des murs de Florence [1], une coutume antique
Consacrait tous les ans une fête rustique [2].
Le peuple des hameaux, dans les champs d'alentour,
En chœur vient du printemps [3] saluer le retour [4];
Mille groupes joyeux précipitent leur danse,
Fidèles au plaisir plutôt qu'à la cadence [5].
Tout à coup, ô terreur! un formidable accent [6]
Perce la profondeur du bois retentissant.
Un lion [7], l'œil en feu, se présente... A sa vue,
Tout fuit : dans ce désordre, une mère éperdue
Emporte son enfant... Dieu! ce fardeau chéri
De ses bras [3] échappé, tombe : elle jette un cri,
S'arrête... Il est déjà sous la dent dévorante.
Elle le voit, frémit, reste pâle, mourante,
Immobile, l'œil fixe et les bras étendus.
Elle reprend ses sens un moment suspendus [8];

1. Très-belle ville d'Italie, capitale de la Toscane.
2. C'est-à-dire : on célébrait, chaque année, une fête champêtre établie depuis longtemps.
3. Inversion.
4. Saluer, c'est-à-dire célébrer le retour de la belle saison. En *chœur* signifie ici *ensemble*.
5. Ces expressions, un peu affectées, signifient : On ne danse par toujours en mesure, mais on s'amuse de bon cœur.
6. Le rugissement d'un lion.
7 Ce lion s'était échappé d'une ménagerie, et s'était sauvé dans les bois.
8. Elle avait perdu un instant connaissance; la force de la tendresse maternelle dissipe tout de suite son évanouissement.

La frayeur l'accablait, la frayeur la ranime.
O prestige d'amour[1]! ô délire sublime!
Elle tombe à genoux : « Rends-moi, rends-moi mon fils ! »
Ce lion si farouche est ému par ses cris,
La regarde, s'arrête et la regarde encore :
Il semble deviner qu'une mère l'implore.
Il attache sur elle un œil tranquille et doux,
Lui rend ce bien si cher, le pose à ses genoux,
Contemple de l'enfant[2] le paisible sourire[3],
Et dans le fond des bois[2] lentement se retire.

MILLEVOYE.

XXXII

LE GLAND ET LA CITROUILLE.

HISTORIETTE.

[Ce récit a un sens moral que les enfants saisiront mieux si on leur raconte d'abord le fait très-simplement en ces termes :

« Un homme, regardant un chêne et une citrouille, disait : « Cette citrouille, qui est si grosse, ne devrait pas avoir une « tige si mince; ces glands, qui sont si petits, ne devraient pas « être suspendus à un si grand arbre. Le Créateur aurait dû donner « pour fruit au chêne, non de petits glands, mais d'énormes « citrouilles. » Ainsi, il osait censurer l'œuvre de Dieu. Or, voici comment il reconnut sa sottise. Il s'étendit sous le chêne pour dormir : un gland tombe sur son nez et le meurtrit. « Ah! s'é- « cria-t-il, si, au lieu de glands, le chêne portait des citrou'lles, « la chute de ce fruit m'aurait cassé la tête; les hommes ne « pourraient traverser les bois sans courir le risque d'être « assommés. Je vois que la Providence a tout fait pour le « mieux. »]

1. L'amour maternel lui fait illusion ; elle se figure que le lion peut être sensible à sa prière.
2. Inversion.
3. Ce petit enfant, ne connaissant pas le danger, n'avait pas peur du lion, et souriait.

Dieu fait bien ce qu'il fait. Sans en chercher la preuve
En tout cet univers, et l'aller parcourant[1],
  Dans les citrouilles je la treuve[2].

  Un villageois considérant
Combien ce fruit est gros et sa tige menue[3] :
« A quoi songeait[4], dit-il, l'auteur de tout cela[5]?
Il a bien mal placé cette citrouille-là !
  Eh! parbleu! je l'aurais pendue[6]
  A l'un des chênes que voilà ;
  C'eût été justement l'affaire ;
  Tel fruit, tel arbre[7], pour bien faire.
C'est dommage, Garo[8], que tu n'es point entré
Au conseil[9] de celui que prêche ton curé[10].
Tout en eût été mieux ; car pourquoi, par exemple,
Ce gland, qui n'est pas gros comme mon petit doigt,
  Ne pend-il pas en cet endroit[11]?
  Dieu s'est mépris : plus je contemple
Ces fruits ainsi placés, plus il semble à Garo
  Que l'on a fait un quiproquo[12]. »
Cette réflexion embarrassant notre homme :

1. Sans chercher la preuve de cette vérité dans l'univers et sans le parcourir (aller le parcourant).

2. Je trouve (*treuve*, vieux mot qui n'est plus en usage) la preuve de cette vérité en examinant les citrouilles.

3. Et combien sa tige est menue.

4. Expression de blâme : *A quoi pensez-vous?* signifie, dans certains cas, vous ne réfléchissez pas à ce que vous faites.

5. Le Créateur.

6. Si j'avais été à la place du Créateur.

7. Un grand arbre aurait porté un gros fruit.

8. Cet homme s'appelait Garo, et, s'admirant lui-même, il se dit : C'est dommage que Dieu ne t'ait pas consulté.

9. Garo se figure niaisement Dieu comme un roi qui assemble son conseil quand il veut prendre une résolution.

10. *Celui que le curé* prêche, c'est-à-dire Dieu.

11. *En cet endroit,* c'est-à-dire à cette tige menue, à la place où est la citrouille.

12. Faire un *quiproquo,* c'est prendre une chose ou une personne pour une autre, mettre une chose là où une autre chose devrait être mise.

« On ne dort point, dit-il, quand on a tant d'esprit. »
Sous un chêne aussitôt il va prendre son somme.
Un gland tombe : le nez du dormeur en pâtit[1].
Il s'éveille, et, portant la main sur son visage,
Il trouve encor le gland pris au poil du menton.
Son nez meurtri[2] le force à changer de langage :
« Oh! oh! dit-il, je saigne! et que serait-ce donc
S'il fût tombé de l'arbre une masse plus lourde,
    Et que ce gland eût été gourde[3]?
Dieu ne l'a pas voulu[4]; sans doute il eut raison :
    J'en vois bien à présent la cause[5]. »

    En louant Dieu de toute chose,
    Garo retourne à la maison.

LA FONTAINE.

XXXIII

CARACTÈRE DE L'HOMME RELIGIEUX.

Seigneur, dans ta gloire adorable[6],
Quel mortel est digne d'entrer?
Qui pourra, grand Dieu, pénétrer
Ce sanctuaire impénétrable,

1. En souffre.
2. C'est-à-dire : l'accident arrivé à son nez lui fait comprendre sa sottise, et il change de langage ; il ne parle plus en homme qui se croit un esprit supérieur.
3. Espèce de citrouille : on nomme ordinairement ainsi une courge ou callebasse vidée et séchée, dans laquelle on met de l'eau et du vin.
4. Dieu n'a pas voulu que les glands fussent gros comme des citrouilles.
5. Je vois bien pourquoi Dieu ne l'a pas voulu.
6. Inversion. La construction régulière serait : *Quel mortel,* c'est-à-dire *quel homme est digne d'entrer dans ta gloire adorable?*

Où les saints inclinés, d'un œil respectueux
Contemplent de ton front l'éclat majestueux[1]?

Ce sera celui qui du vice
Évite le sentier impur[2];
Qui marche d'un pas ferme et sûr
Dans le chemin de la justice[3];
Attentif et fidèle à distinguer sa voix,
Intrépide et sévère à maintenir ses lois;

Ce sera celui dont la bouche
Rend hommage à la vérité;
Qui, sous un air d'humanité,
Ne cache point un cœur farouche[4];
Et qui, par des discours faux et calomnieux,
Jamais à la vertu n'a fait baisser les yeux[5];

Celui devant qui le superbe,
Enflé d'une vaine splendeur,
Paraît plus bas, dans sa grandeur,
Que l'insecte caché sous l'herbe[6];

1. *Contemplent l'éclat majestueux de ton front*, c'est-à-dire jouissent de ta présence. En parlant de Dieu, le poëte se sert du mot *front;* on dit aussi l'*œil* de Dieu, le *bras* du Seigneur : il ne faut pas prendre ces expressions à la lettre.

2. *Qui évite le sentier du vice*, c'est-à-dire *qui s'éloigne du vice.*

3. C'est-à-dire *qui se conforme en tout à ce que la justice prescrit.*

4. *Rendre hommage à la vérité*, c'est *ne point mentir, dire la vérité. Ne point cacher un cœur farouche sous un air d'humanité*, signifie *être véritablement humain*, et ne pas ressembler aux *hypocrites qui font semblant d'être humains et bons, et qui, en réalité, sont insensibles et farouches.*

5. Ces deux vers signifient que l'homme pieux ne ressemble point au médisant et au calomniateur, qui, par leurs mauvais discours, scandalisent les honnêtes gens.

6. Le *superbe*, c'est-à-dire l'*homme orgueilleux*, qui se vante d'une grandeur vaine et fausse, est, aux yeux du juste, plus bas que l'insecte.

Qui, bravant du méchant le faste couronné,
Honore la vertu du juste infortuné [1];

Celui, dis-je, dont les promesses
Sont un gage toujours certain [2];
Celui qui d'un infâme gain
Ne sait point grossir ses richesses [3];
Celui qui, sur les dons du coupable puissant,
N'a jamais décidé du sort de l'innocent [4].

Qui marchera dans cette voie,
Comblé d'un éternel bonheur,
Un jour, des élus du Seigneur
Partagera la sainte joie [5];
Et les frémissements de l'enfer irrité
Ne pourront faire obstacle à sa félicité.

J. B. ROUSSEAU.

XXXIV

LA VIOLETTE.

Aimable fille du printemps,
Timide amante des bocages,
Ton doux parfum flatte nos sens,
Et tu sembles fuir nos hommages.

---

1. Le méchant a beau prospérer, son faste n'éblouit pas l'homme pieux qui le brave, et qui honore les gens vertueux, quels que soient les malheurs qui peuvent les accabler.

2. Celui qui, lorsqu'il a promis, tient sa parole.

3. Celui qui ne s'enrichit point par un *gain infâme*, c'est-à-dire par de l'argent gagné par des moyens contraires à la probité.

4. Celui qui ne se laisse pas corrompre par les gens riches et coupables qui veulent obtenir de lui la condamnation d'une personne innocente.

5. Inversion : *Partagera la joie des élus. Comblé d'un éternel honheur* doit se lier avec *partagera*, et non avec *marchera*.

Comme le bienfaiteur discret,
Dont la main secourt l'indigence,
Tu me présentes le bienfait,
Et tu crains la reconnaissance.
Viens prendre place en nos jardins,
Quitte ce séjour solitaire,
Que dis-je? Non[1], dans ces bosquets
Reste, ô violette chérie!
Heureux qui répand des bienfaits,
Et comme toi cache sa vie!

CONSTANT DUBOS.

XXXV

LE MEUNIER SANS-SOUCI.

HISTORIETTE.

Loin du bruit de la cour, du tracas de la ville,
Frédéric[2] construisait un agréable asile.
Sur le riant coteau par le prince[3] choisi,
S'élevait le moulin du meunier Sans-Souci.
Le vendeur de farine avait pour habitude
D'y vivre au jour le jour, exempt d'inquiétude,
Et, de quelque côté que vînt souffler le vent,
Il y tournait son aile, et s'endormait content.
Fort bien achalandé, grâce à son caractère,
Le moulin prit le nom de son propriétaire[4];
Et des hameaux voisins, les filles, les garçons
Allaient à Sans-Souci pour danser aux chansons.

---

1. C'est-à-dire : Je voulais te transporter dans mon jardin;
mais j'aime mieux te laisser dans le bosquet où tu te caches et
que tu parfumes.
2. Frédéric II, surnommé le Grand, roi de Prusse, de 1740 à
1786.
3. Inversion.
4. Le moulin s'appela, comme son maître, Sans-Souci.

Hélas ! est-ce une loi sur notre pauvre terre,
Que toujours deux voisins auront entre eux la guerre ;
Que la soif d'envahir et d'étendre ses droits
Tourmentera toujours les meuniers et les rois?
En cette occasion le roi fut le moins sage ;
Il lorgna du voisin[1] le modeste héritage.
On avait fait des plans fort beaux sur le papier,
Où le chétif enclos se perdait tout entier.
Il fallait sans cela renoncer à la vue,
Rétrécir les jardins, et masquer l'avenue.

Des bâtiments royaux[1] l'ordinaire intendant[2]
Fit venir le meunier, et, d'un ton important :
« Il nous faut ton moulin, que veux-tu qu'on t'en donne?
— Rien du tout ; car j'entends ne le vendre à personne.
Il vous faut, est fort bon.... Mon moulin est à moi,
Tout aussi bien au moins que la Prusse est au roi.
— Allons, ton dernier mot, bonhomme, et prends-y garde.
— Faut-il vous parler clair? — Oui. — C'est que je le garde.
Voilà mon dernier mot. » Ce refus effronté
Avec un grand scandale au prince[1] est raconté.
Il mande auprès de lui le meunier indocile,
Presse, flatte, promet; ce fut peine inutile ;
Sans-Souci s'obstinait. « Entendez la raison,
Sire, je ne peux pas vous vendre ma maison;
Mon vieux père y mourut, mon fils y vient de naître ;
C'est mon Potsdam[3], à moi. Je suis tranchant peut-être.
Ne l'êtes-vous jamais[4]? Tenez, mille ducats,
Au bout de vos discours, ne me tenteraient pas.
Il faut vous en passer, je l'ai dit, j'y persiste. »
Les rois malaisément souffrent qu'on leur résiste ;

1. Inversion.
2. L'intendant ordinaire.
3. Ville où le roi de Prusse a un beau palais entouré de jardins.
4. Il nous semble que ces mots : *Je suis tranchant peut-être; ne l'êtes-vous jamais?* font tache dans cet excellent morceau. Cet argument personnel n'est pas convenable dans la bouche du meunier; d'ailleurs le meunier n'a pas été *tranchant;* il a donné de bonnes raisons et les a exprimées sans inconvenance.

Frédéric, un moment par l'humeur[1] emporté :
« Parbleu ! de ton moulin[1] c'est bien être entêté ;
Je suis bon de vouloir t'engager à le vendre ;
Sais-tu que sans payer je pourrais bien le prendre ?
Je suis le maître. — Vous ?.... de prendre mon moulin ?
Oui, si nous n'avions pas des juges à Berlin. »

Le monarque, à ce mot, revint de son caprice,
Charmé que sous son règne on crût à la justice ;
Il rit, et se tournant vers quelques courtisans :
« Ma foi, messieurs, je crois qu'il faut changer nos plans.
Voisin, garde ton bien, j'aime fort ta réplique. »

ANDRIEUX.

XXXVI

LA CRAINTE DE DIEU.

Oh ! que[2] tes œuvres sont belles,
Grand Dieu ! quels[3] sont tes bienfaits !
Que[4] ceux qui te sont fidèles
Sous ton joug trouvent d'attraits[4] !
Ta crainte[5] inspire la joie :
Elle assure notre voie[6] ;
Elle nous rend triomphants.
Elle éclaire la jeunesse,
Et fait briller la sagesse
Dans les plus faibles enfants[7],

1. Inversion.
2. *Que* est exclamatif et signifie *combien.*
3. *Quels* est exclamatif. *Que tes bienfaits sont grands !*
4. *Combien ils trouvent d'attraits sous ton joug !* c'est-à-dire *Combien ils sont heureux d'obéir à tes lois !*
5. *Ta crainte,* la crainte de Dieu ressentie par l'homme ; elle est le commencement de la sagesse.
6. Elle nous empêche de nous égarer.
7. La crainte de Dieu fait briller la sagesse dans les enfants ; c'est-à-dire l'enfant qui craint Dieu est sage.

Soutiens ma foi chancelante,
Dieu puissant; inspire-moi
Cette crainte vigilante
Qui fait pratiquer la loi.
Loi sainte, loi désirable,
Ta richesse est préférable
A la richesse de l'or;
Et ta douceur est pareille
Au miel dont la jeune abeille
Compose son cher trésor.

Mais, sans tes clartés sacrées,
Qui peut connaître, Seigneur,
Les faiblesses égarées
Dans les replis de son cœur[1]?
Prête-moi tes feux propices[2]:
Viens m'aider à fuir les vices
Qui s'attachent à mes pas:
Viens consumer par ta flamme
Ceux que je vois dans mon âme,
Et ceux que je n'y vois pas.

Si de leur triste esclavage
Tu viens dégager mes sens[3],
Si tu détruits leur ouvrage[4],
Mes jours seront innocents.
J'irai puiser sur ta trace
Dans les sources de ta grâce;
Et, de ses eaux abreuvé[5],
Ma gloire[6] fera connaître

1. Quel est celui qui pourrait connaître ses propres imperfections et ses propres défauts, si Dieu ne l'éclairait pas?
2. Ta lumière secourable.
3. Si tu me délivres de la domination que les vices exercent sur mes sens.
4. L'ouvrage des vices.
5. Abreuvé des eaux de la grâce.
6. *Abreuvé de ses eaux*, *ma gloire*...; cette tournure belle et hardie est contraire aux règles ordinaires de la construction. *Ma* représente ici *de moi*; et *abreuvé* se rapporte à *moi*; la gloire *de moi abreuvé*.

Que le Dieu qui m'a fait naître
Est le Dieu qui m'a sauvé.

J. B. ROUSSEAU.

XXXVII

LA PIÉTÉ FILIALE.

IDYLLE[1].

LYCORIS ET SÉLIME.

Au déclin d'un beau jour[2], Lycoris et Sélime[3],
   Ayant rassemblé leur troupeau,
   Se reposaient sur un coteau
   Dont le soleil dorait la cime.
   Ils s'occupaient de Philémon;
Car ces jeunes enfants, modèles de tendresse,
N'avaient d'autre plaisir que d'en parler sans cesse[4] :
« Si nous sommes heureux, j'en sais bien la raison[5],
   Disait Lycoris à son frère;
   Les cieux[6] protégent notre père :
   Il le mérite, il est si bon !

SÉLIME.

N'en doute point, ma sœur, sa vertu leur est chère.
Un soir, sous le berceau voisin de sa chaumière,
Il dormait d'un sommeil aussi doux que son cœur :

---

1. L'idylle est un petit poëme qui retrace quelque scène de la vie champêtre.
2. Sur le soir.
3. Sélime est un jeune garçon; Lycoris est sa sœur. Tous deux gardaient ensemble le troupeau de leur père Philémon.
4. De parler sans cesse *de lui.*
5. La prospérité dont nous jouissons est une récompense que Dieu accorde à la vertu et à la bonté de notre père.
6. *Les cieux,* c'est-à-dire le *Ciel, Dieu.*

Sur son front j'imprimai ma bouche,
Et soudain (soit amour, ou soit que son bonheur
Se fasse ressentir à tout ce qui le touche),
Des larmes de plaisir coulèrent de mes yeux.
Ce bon père ! disais-je, à quel point il nous aime !
Il a veillé pour nous, et dans son sommeil même
Il sait encor nous rendre heureux !

LYCORIS.

Hier, dans quel état il revint de la plaine !
Ah ! si tu l'avais vu se traîner avec peine,
Accablé du travail et du poids de ses ans !
Tu pleures, Sélime !....

SÉLIME.

Quel père !
Nous lui devons aussi des soins reconnaissants.
Écoute ; mais surtout que ce soit un mystère :
Du prix de ces paniers que tu me voyais faire,
Je viens d'acheter un mouton ;
Je le destine à Philémon !....

LYCORIS.

Et moi, pour l'amuser quand il est solitaire,
De mon oiseau chéri je veux lui faire un don[1]. »
Leur père entendit ce langage :
Il sortait d'un bosquet voisin.
Il court à ses enfants, les tient contre son sein,
Et des larmes de joie inondent son visage :
« O Dieu ! dit-il, ô Dieu, témoin de mon bonheur,
Dans mes bras paternels tu vois tout ce que j'aime.
Laisse-moi mes enfants, c'est la seule faveur
Que je demande encore à ta bonté suprême ? »

LÉONARD.

---

1. Inversion : Je veux lui donner mon oiseau.

XXXVIII

LA MOUCHE DU COCHE.

FABLE.

Dans un chemin montant, sablonneux, malaisé,
Et de tous les côtés au soleil exposé[1],
　　Six forts chevaux tiraient un Coche[2].
Femmes, moines, vieillards, tout était descendu[3] :
L'attelage suait, soufflait, était rendu.
Une Mouche survient, et des chevaux s'approche[4],
Prétend les animer par son bourdonnement,
Pique l'un, pique l'autre, et pense à tout moment
　　Qu'elle fait aller la machine[5] ;
S'assied[6] sur le timon, sur le nez du cocher.
　　Aussitôt que le char chemine,
　　Et qu'elle voit les gens[7] marcher,
Elle s'en attribue uniquement la gloire,
Va, vient, fait l'empressée : il semble que ce soit
Un sergent de bataille[8] allant en chaque endroit
Faire avancer ses gens et hâter la victoire.
　　La Mouche, en ce commun besoin,
Se plaint qu'elle agit seule, et qu'elle a tout le soin ;

1. Inversion : Exposé au soleil.
2. Grand chariot couvert, non suspendu, qui servait au transport des voyageurs avant l'invention des diligences.
3. Pour soulager les chevaux, les voyageurs étaient descendus de voiture et montaient à pied cette rude côte, même les personnes les plus délicates, à savoir, les femmes, les ecclésiastiques et les vieillards.
4. Inversion.
5. La voiture.
6. Se pose.
7. Les *gens* ne signifie pas ici les voyageurs, mais le cocher, le postillon et même les chevaux.
8. Ancienne expression : un officier d'ordonnance, l'aide de camp d'un général.

Qu'aucun n'aide aux chevaux à se tirer d'affaire.
        Le moine disait son bréviaire :
Il prenait bien son temps[1]! Une femme chantait :
C'était bien de chansons qu'alors il s'agissait !
Dame Mouche s'en va chanter à leurs oreilles[2],
        Et fait cent sottises pareilles.
Après bien du travail, le Coche arrive au haut.
« Respirons maintenant, dit le Mouche aussitôt :
J'ai tant fait que nos gens sont enfin dans la plaine[3].
Çà, messieurs les chevaux, payez-moi de ma peine. »

Ainsi certaines gens, faisant les empressés,
        S'introduisent dans les affaires :
        Ils font partout les nécessaires,
Et, partout importuns, devraient être chassés.

LA FONTAINE.

XXXIX

VANITÉ ET COURTE DURÉE DE LA PROSPÉRITÉ DES MÉCHANTS[4].

STANCES IRRÉGULIÈRES[5].

Que ma bouche et mon cœur, et tout ce que je suis,
Rendent honneur au Dieu qui m'a donné la vie !

---

1. La mouche, voyant que le moine, tout en marchant, di
son bréviaire, s'écrie avec ironie : « Il prend bien son temps ! »
c'est-à-dire : « Il choisit bien mal son moment pour dire son
bréviaire ; il devrait, comme moi, venir en aide aux chevaux. »
Même observation de la mouche sur une femme qui chantait :
« Il s'agit bien de chanter ; il s'agit de faire comme moi. »

2. Bourdonner à leurs oreilles, comme pour leur faire des
reproches.

3. Plaine élevée, plateau.

4. Les diverses pensées développées dans ces vers sont tirées
des livres saints.

5. La succession des rimes masculines et féminines n'est pas

4

Dans les craintes, dans les ennuis,
En ses bontés mon âme se confie[1].
Veut-il par mon trépas[1] que je le glorifie[2]?....

Au bonheur du méchant[1] qu'un autre porte envie[3]....
   Tous ses jours paraissent charmants[4];
   L'or éclate en ses vêtements;
Son orgueil est sans borne ainsi que sa richesse;
Jamais l'air n'est troublé de ses gémissements[5];
Il s'endort, il s'éveille au son des instruments;
   Son cœur nage dans la mollesse.
   Pour comble de prospérité,
Il espère revivre en sa postérité;
Et d'enfants[1] à sa table une riante troupe
Semble boire avec lui la joie à pleine coupe.

   Heureux, dit-on, le peuple florissant
   Sur qui ces biens coulent en abondance!
   Plus heureux le peuple innocent
Qui dans le Dieu du ciel[1] a mis sa confiance!

   Pour contenter ses frivoles désirs
   L'homme insensé vainement se consume:
     Il trouve l'amertume
     Au milieu des plaisirs.

Le bonheur de l'impie est toujours agité;
Il erre à la merci de sa propre inconstance.
   Ne cherchons la félicité
   Que dans la paix de l'innocence.

toujours observée dans ce morceau; l'usage autorise cette
infraction à la règle dans les pièces composées de stances
irrégulières.

1. Inversion.

2. S'il me demande pour sa gloire le sacrifice de ma vie, je
suis prêt à la donner.

3. Le bonheur du méchant est peut-être digne d'envie aux
yeux d'un autre; il ne l'est pas aux miens.

4. *Ses jours*. Les jours du méchant. Le poète décrit dans
cette stance la félicité apparente d'un homme coupable.

5. Jamais il ne gémit, jamais il ne pleure.

O douce paix !
O lumière éternelle !
Beauté toujours nouvelle !
Heureux le cœur épris de tes attraits !
O douce paix !
O lumière éternelle !
Heureux le cœur qui ne te perd jamais!

Nulle paix pour l'impie : il la cherche, elle fuit ;
Et le calme en son cœur[1] ne trouve point de place :
Le glaive au dehors le poursuit ;
Le remords au dedans le glace.

La gloire des méchants en un moment s'éteint :
L'affreux tombeau pour jamais les dévore.
Il n'en est pas ainsi de celui qui te craint :
Il renaîtra, mon Dieu, plus brillant que l'aurore.

RACINE.

XL

LE JARDINIER ET LE SEIGNEUR.

HISTORIETTE.

Un amateur du jardinage,
Demi-bourgeois, demi-manant[2],
Possédait en certain village
Un jardin assez propre et le clos attenant.
Il avait de plant vif[3] fermé cette étendue :

---

1. Inversion.
2. Le mot *manant* est aujourd'hui injurieux et signifie un homme grossier et mal élevé. Lorsque cette fable a été composée, ce mot n'avait rien d'injurieux et signifiait simplement *villageois.* L'amateur de jardinage dont il est ici question n'était ni tout à fait bourgeois, ni tout à fait paysan ; voilà ce que le fabuliste veut dire.
3. D'une haie vive. Inversion.

Là croissaient à plaisir l'oseille et la laitue,
De quoi faire à Margot pour sa fête un bouquet[1],
Peu de jasmin d'Espagne et force[2] serpolet.
Cette félicité par un lièvre troublée
Fit qu'au seigneur du bourg[3] notre homme se plaignit
« Ce maudit animal vient prendre sa goulée
Soir et matin, dit-il, et des piéges se rit[5];
Les pierres, les bâtons y perdent leur crédit[6]:
Il est sorcier[7], je crois. — Sorcier! je l'en défie,
Repartit le seigneur : fût-il diable[7], Miraut[8],
En dépit de ses tours, l'attrapera bientôt.
Je vous en déferai, bonhomme, sur ma vie[9]!
— Et quand? — Et dès demain, sans tarder plus longtemps.»
La partie ainsi faite[10], il vient[11] avec ses gens.
Aussitôt on fricasse, on se rue[12] en cuisine:

1. Des fleurs dont on pouvait composer un bouquet pour sou-
haiter la fête à quelqu'un. *Margot*, c'est-à-dire *Marguerite*, est
mise ici pour une personne quelconque du village.

2. *Force*, c'est-à-dire *beaucoup de* : cette expression a vieilli.
Ce vers signifie que cet amateur de jardinage cultivait peu de
plantes de luxe, comme le jasmin d'Espagne, mais beaucoup de
plantes utiles aux abeilles, comme le thym et le serpolet. Malheureusement ce serpolet attirait le lièvre, qui en est très-
friand.

3. Inversion.

4. La construction de cette phrase est extraordinaire; voici
le sens : « Ce jardin faisait la félicité de cet homme ; le trouble
qu'un lièvre apporta à cette félicité fut cause qu'il se plaignit
au seigneur.

S'il se plaignit au seigneur, c'est parce qu'à cette époque les
seigneurs avaient seuls le droit de chasser.

5. Se moque des piéges que je lui tends.

6. N'y peuvent rien.

7. Ceci n'est pas dit sérieusement : *sorcier, diable,* signifient
ici *extrêmement rusé.*

8. Chien de chasse.

9. *Sur ma vie,* espèce de serment, comme *sur ma foi, par
ma foi.*

10. La chose ayant été promise et acceptée.

11. Chez l'amateur de jardinage.

12. Cette expression, dans ce sens-là, ne s'emploie plus; elle

« De quand sont vos jambons? ils ont fort bonne mine.
— Monsieur, ils sont à vous. — Vraiment, dit le seigneur,
    Je les reçois et de bon cœur[1]. »
Il déjeune très-bien ; ainsi fait sa famille,
Chiens, chevaux et valets, tous gens bien endentés[2].
Il commande chez l'hôte[3], y prend des libertés,
Boit son vin et commet mainte autre peccadille.
L'embarras des chasseurs[4] succède au déjeuné.
    Chacun s'anime et se prépare :
Les trompes et les cors font un tel tintamarre
    Que le bonhomme est étonné[5].
Le pis fut[6] que l'on mit en piteux équipage[7]
Le pauvre potager : adieu[8] planches, carreaux ;
    Adieu chicorée et poireaux ;
    Adieu de quoi mettre au potage.
Le lièvre était gîté dessous[9] un maître chou[10].
On le quête[11], on le lance[12] : il s'enfuit par un trou,
Non pas trou, mais trouée, horrible et large plaie
    Que l'on fit à la pauvre haie[13]

signifie que, pour donner à déjeuner au seigneur, le jardinier fait une très-grande dépense.

1. Le seigneur admire les jambons ; le jardinier se croit obligé de les lui offrir ; le seigneur les accepte et les fait emporter.

2. Qui avaient de bonnes dents ; ce mot se rapporte à la *famille* et aux *valets ;* mais, par plaisanterie, l'auteur semble l'appliquer aussi aux chevaux et aux chiens.

3. Chez l'homme qui le reçoit.

4. Embarras que causent les chasseurs.

5. *Étonné* signifie ici *étourdi* par le bruit.

6. Ce qu'il y eut de pire, c'est que....

7. En très-mauvais état. *Équipage* ne se prend plus dans ce sens.

8. Cette tournure vive et animée signifie que tout cela fut ravagé et perdu.

9. Sous.

10. Un très-gros chou.

11. On le cherche.

12. On le fait lever. Voyant les chiens s'approcher de lui, il *s'élance* pour leur échapper ; c'est ce que signifie ce mot, *on le lance.*

13. Les gens du seigneur, avec des serpes, abattirent une

Par ordre du seigneur; car il eût été mal[1]
Qu'on n'eût pu du jardin[2] sortir tout à cheval.
Le bonhomme disait : « Ce sont là jeux de prince[3]. »
Mais on le laissait dire : enfin bêtes et gens
Firent plus de dégât en une heure de temps
    Que n'en auraient fait en cent ans
    Tous les lièvres de la province[4].

LA FONTAINE.

XLI

LE PRESBYTÈRE[5] :

Voyez-vous ce modeste et pieux presbytère?
Là vit l'homme de Dieu, dont le saint ministère
D'un peuple réuni présente au ciel les vœux[6],
Ouvre sur le hameau tous les trésors des cieux[7],
Soulage le malheur, consacre l'hyménée[8],
Bénit et les moissons et les fruits de l'année,
Enseigne la vertu, reçoit l'homme au berceau[9],

partie de la haie; le lièvre sortit par là, poursuivi par Miraut et les autres chiens, qui l'eurent bientôt attrapé; et le seigneur et ses gens, à cheval, suivirent leurs chiens.

1. *Il eût été mal;* c'est le seigneur qui dit cela; car ce n'est certes pas l'avis du jardinier.

2. Inversion.

3. On appelle *jeu de prince* un amusement que se donne le plus fort aux dépens d'un plus faible.

4. La moralité de cette fable est qu'en cherchant à se venger d'un léger dommage, on s'expose quelquefois à en éprouver de plus grands.

5. *Presbytère,* habitation du curé dans un village, dans une ville.

6. Inversion. Présente au ciel les vœux du peuple.

7. *Les trésors des cieux.* La protection de Dieu qui envoie des saisons favorables.

8. L'hyménée, expression poétique signifiant le mariage.

9. Baptême.

Le conduit dans la vie et le suit au tombeau[1].
Par ses sages conseils, sa bonté, sa prudence,
Il est pour le village une autre Providence.
Quelle obscure indigence échappe à ses bienfaits[2]?
Dieu seul n'ignore pas les heureux qu'il a faits.
Souvent, dans ces réduits où le malheur assemble
Le besoin, la douleur et le trépas ensemble[3],
Il paraît, et soudain le mal perd son horreur,
Le besoin sa détresse et la mort sa terreur.
Qui prévient le besoin prévient souvent le crime.
Le pauvre le bénit et le riche l'estime,
Et souvent deux mortels[4], l'un de l'autre ennemis,
S'embrassent à sa table et retournent amis[5].

DELILLE.

XLII

LE LAPIN ET LA SARCELLE[6].

FABLE.

Unis dès leurs jeunes ans,
Un lapin, une sarcelle[7]
Vivaient heureux et contents.
Le terrier du lapin était sur la lisière

---

1. *Et le suit au tombeau,* accompagne son enterrement. C'est ce que le poëte veut dire, mais non ce qu'il dit, car cela pourrait signifier que le ministre de la religion se fait enterrer avec le mort.

2. *Quelle obscure indigence.* Ce sont les pauvres honteux.

3. Ces réduits sont les hospices ou hôpitaux.

4. Deux hommes.

5. *Et retournent amis.* Il aurait mieux valu dire : *Et s'en retournent amis.*

6. Le sens de cette fable est que la véritable amitié est ingénieuse et courageuse pour rendre service, et que c'est un grand bonheur que de posséder un véritable ami.

7. Oiseau aquatique semblable au canard, mais plus petit.

D'un parc bordé d'une rivière.
Soir et matin nos bons amis,
Profitant de ce voisinage,
Tantôt au bord de l'eau, tantôt sous le feuillage,
L'un chez l'autre étaient réunis.
Là, pendant le repas, se contant des nouvelles,
Ils n'en trouvaient point de si belles
Que de se répéter qu'ils s'aimeraient toujours.
Ce sujet revenait sans cesse en leurs discours.
Tout était en commun, plaisir, chagrin, souffrance :
Ce qui manquait à l'un, l'autre le regrettait ;
Si l'un avait du mal, son ami le sentait ;
Si d'un bien[1], au contraire, il goûtait l'espérance,
Tous deux en jouissaient d'avance.
Tel était leur destin, lorsqu'un jour, jour affreux !
Le lapin pour dîner venant chez la sarcelle
Ne la retrouve plus. Inquiet, il l'appelle ;
Personne ne répond à ses cris douloureux.
Le lapin, de frayeur[1] l'âme toute saisie,
Va, vient, fait mille tours, cherche dans les roseaux,
S'incline par-dessus les flots,
Et voudrait s'y plonger pour trouver son amie.
« Hélas ! s'écriait-il, m'entends-tu ? Réponds-moi,
Ma sœur, ma compagne chérie ;
Ne prolonge pas mon effroi.
Encor quelques moments, c'en est fait de ma vie ;
J'aime mieux expirer que de trembler pour toi. »
Disant ces mots il court, il pleure,
Et s'avançant le long de l'eau,
Arrive enfin près du château
Où le seigneur du lieu demeure.
Là, notre désolé lapin[2]
Se trouve au milieu d'un parterre,
Et voit une grande volière
Où mille oiseaux divers volaient sur un bassin.

---

1. Inversion.
2. En prose, il faudrait nécessairement dire : *Notre lapin désolé.*

L'amitié donne du courage.
Notre ami, sans rien craindre, approche du grillage,
Regarde, et reconnaît.... ô tendresse ! ô bonheur !
La sarcelle. Aussitôt il pousse un cri de joie ;
Et, sans perdre de temps à consoler sa sœur,
  De ses quatre pieds il s'emploie
  A creuser un secret chemin
Pour joindre son amie ; et, par ce souterrain,
Le lapin tout à coup entre dans la volière,
Comme un mineur qui prend une place de guerre.
Les oiseaux effrayés se pressent en fuyant ;
Lui court à la sarcelle ; il l'entraîne à l'instant
Dans son obscur sentier, la conduit sous la terre,
Et, la rendant au jour, il est prêt à mourir
  De plaisir.
Quel moment pour tous deux ! Que ne sais-je le peindre
  Comme je saurais le sentir !
Nos bons amis croyaient n'avoir plus rien à craindre !
Ils n'étaient pas au bout. Le maître du jardin,
En voyant le dégât commis dans la volière,
Jure d'exterminer jusqu'au dernier lapin.
« Mes fusils, mes furets [1], criait-il en colère. »
  Aussitôt fusils et furets
  Sont tout prêts.
Les gardes et les chiens vont dans les jeunes tailles [2],
  Fouillant les terriers, les broussailles :
Tout lapin qui paraît est immolé soudain.
La nuit vient ; tant de sang n'a pas éteint la rage
Du seigneur, qui remet au lendemain matin
  La fin de l'horrible carnage.
  Pendant ce temps, notre lapin,
Tapi sous les roseaux auprès de la sarcelle,
  Attendait en tremblant la mort,
Mais conjurait sa sœur de fuir à l'autre bord,
  Pour ne pas mourir devant elle.

---

1. Petit quadrupède qu'on emploie pour la chasse aux lapins en l'introduisant dans leur terrier.
 2. Bois qui commence à repousser après avoir été coupé.

Je ne te quitte point, lui répondit l'oiseau :
Nous séparer serait la mort la plus cruelle.
    Ah ! si tu pouvais passer l'eau !
Pourquoi pas ? Attends-moi. » La sarcelle le quitte,
    Et revient, traînant un vieux nid
Laissé par des canards ; elle l'emplit bien vite
De feuilles de roseau, les presse, les unit
Des pieds, du bec, en forme un batelet capable
    De supporter un lourd fardeau ;
    Puis elle attache à ce vaisseau
  Un brin de jonc qui servira de câble.
    Le lapin entre doucement
    Dans l'esquif fait par la sarcelle ;
    Et devant lui l'oiseau nageant
Tire le brin de jonc, et s'en va dirigeant
    La frêle et légère nacelle.
On aborde, on débarque, et jugez du plaisir !
    Non loin du port on va choisir
Un asile où, coulant des jours dignes d'envie,
    Nos bons amis, libres, heureux,
    Aimèrent d'autant plus la vie
    Qu'ils se la devaient tous les deux.

                      FLORIAN.

XLIII

LE PETIT MENTEUR [1].

Venez bien près, plus près ; qu'on ne puisse m'entendre,
Un bruit vole sur vous ; mais qu'il est peu flatteur !
Votre mère en est triste, elle vous est si tendre !
On dit, mon cher amour, que vous êtes menteur !

---

1. Ces vers sont adressés par une mère à son enfant, qui se
plaisait à mentir pour s'amuser. Il poussait des cris plaintifs
comme s'il était malade, et quand on accourait auprès de lui,
il éclatait de rire.

Au lieu d'apprendre en paix la leçon qu'on vous donne,
Vous faites le plaintif; vous traînez votre voix
Et vous criez très-haut : « Eh! ma bonne, ma bonne! »
L'écho, qui me dit tout, m'en a parlé deux fois.
Vous avez effrayé cette bonne attentive,
     Et pour vous secourir,
Près de vous[1] toute pâle on l'a vue accourir.
Hélas! vous avez ri de sa bonté craintive,
Enfant! vous avez ri! Quelle douleur pour nous!
On ne croira donc plus à vos jeunes[2] alarmes!
Si j'avais eu ce tort, j'irais à deux genoux
Lui demander pardon d'avoir ri de ses larmes;
J'irais.... Ne pleurez pas[3], causons avant d'agir.
Écoutez une histoire, et jugez-la vous-même.
Cachez-vous cependant sur ce cœur qui vous aime;
     Je rougis de vous voir rougir.

« Au loup! au loup! à moi! » criait un jeune pâtre;
Et les bergers entre eux suspendaient leurs discours,
Troublés par les clameurs du rustique folâtre[4],
Tout venait, jusqu'aux chiens, tout volait au secours.
Ayant de tant de cœurs[1] éveillé le courage,
Tirant l'un du sommeil et l'autre de l'ouvrage,
Il se mettait à rire, il se croyait bien fin :
« Je suis loup, » disait-il.... Mais attendez la fin.
Un jour que les bergers, au fond de la vallée,
Appelant la gaîté[5] sur leurs aigres pipeaux,
Confondaient leur repas, leurs chansons, leurs troupeaux,
Et de leurs pieds joyeux pressaient l'herbe foulée[6],
« Au loup! au loup! à moi! » dit le jeune garçon,
« Au loup! » répéta-t-il d'une voix lamentable.

1. Inversion.
2. Épithète poétique; aux alarmes que vous témoignez dans votre enfance.
3. L'enfant est près de pleurer en écoutant ces reproches.
4. Cette expression n'est pas heureuse.
5. Jouant de leurs flûtes rustiques pour appeler la gaieté, c'est-à-dire pour se divertir.
6. Dansaient.

Personne ne quitta la danse ni la table :
« Il est loup, dirent-ils; à d'autres la leçon[1], »
Et cependant le loup dévorait la plus belle
     De ses belles brebis :
Et pour punir l'enfant qu'il traitait de rebelle[2],
Il lui montrait les dents et rompait ses habits;
Et le pauvre menteur, élevant ses prières[3],
Ne troublait que l'écho, ses cris n'amenaient rien ;
Tout riait, tout dansait au loin sur les bruyères :
« Eh quoi! pas un ami ne vient, pas même un chien! »
On ajoute, et vraiment c'est pitié de le croire,
Qu'il serrait la brebis dans ses deux bras tremblants.
Et quand il vint en pleurs raconter son histoire,
On vit que ses deux bras étaient nus et sanglants!
« Il ne ment pas, dit-on, il saigne, il tremble, il pleure :
Quoi! c'est donc vrai, Colas? (il s'appelait Colas.)
     Nous avons bien ri tout à l'heure ;
Et la brebis est morte : elle est mangée!... hélas! »
On le plaignit. Un rustre, insensible à ses larmes,
Lui dit : « Tu fus menteur, tu trompas notre effroi;
Or, s'il m'avait trompé, le menteur, fût-il roi,
     Me crierait vainement : Aux armes! »
O quel vice odieux, mon enfant! vous mentez!
Quand vous aurez perdu tous les cœurs révoltés[4],
Vous ne direz qu'à moi votre souffrance amère ;
     Car on ne ment pas à sa mère.
Tout s'enfuira de vous, j'en pleurerai tout bas :
Vous n'aurez plus d'amis, je n'aurai plus de joie!
Que ferons-nous alors?... Oh! ne vous cachez pas,
Prenez un peu courage, enfant, que je vous voie....

---

1. Que d'autres se laissent tromper; que d'autres apprennent à le connaître.

2. Ce vers n'est pas bon. L'auteur avait évidemment besoin de rimer avec *belle*.

3. Mauvaise expression. Priant à haute voix qu'on vînt à son secours.

4. Quand personne ne vous aimera plus, parce qu'on sera révolté de votre conduite.

Vous me touchez le cœur, j'y sens[1] votre pardon.
Allez, petit chéri, ne trompez plus personne;
Soyez sage, aimez Dieu, je crois qu'il vous pardonne,
    Il est père! il est bon!

Mme DESBORDES-VALMORE.

XLIV

GRANDEUR DE DIEU DANS LA CRÉATION.

LE CIEL; LES EAUX.

Ainsi qu'un pavillon tissu d'or et de soie,
Le vaste azur des cieux sous sa main se déploie[2];
Il peupla leurs déserts[3] d'astres étincelants;
Les eaux, autour de lui, demeurent suspendues
    Il foule au pied les nues
    Et marche sur les vents.

    Fait-il entendre sa parole;
    Les cieux tremblent, la mer gémit,
    La foudre part, l'aquilon vole,
    La terre en silence frémit.
    Du seuil des portes éternelles
    Des légions d'esprits fidèles
    A sa voix s'élancent dans l'air;
    Un zèle dévorant les guide,
    Et leur essor est plus rapide
    Que le feu brûlant de l'éclair.

Il combla du chaos les abîmes funèbres,
Il affermit la terre, il chassa les ténèbres.

1. Je sens dans mon cœur.
2. Se déploie sous sa main, sous la main de Dieu.
3. Les déserts des cieux, c'est-à-dire leur immense étendue.
4. Inversion.

Les eaux couvraient au loin les rochers et les monts ;
Mais au son de sa voix des ondes se troublèrent,
    Et soudain s'écoulèrent
    Dans des gouffres profonds[1].

    Les bornes qu'il leur a prescrites[2]
    Sauront toujours les resserrer :
    Son doigt a tracé les limites
    Où leur fureur doit expirer.
    La mer, dans l'excès de sa rage[3],
    Se roule en vain sur le rivage
    Qu'elle épouvante de son bruit :
    Un grain de sable la divise ;
    L'onde approche, le flot se brise,
    Reconnaît son maître et s'enfuit.

LEFRANC DE POMPIGNAN.

XLV

L'HUITRE ET LES PLAIDEURS[4]

FABLE.

Un jour deux pèlerins sur le sable[5] rencontrent
Une huître, que le flot[6] y venait d'apporter :
Ils l'avalent des yeux, du doigt ils se la montrent ;
A l'égard de la dent[7] il fallut contester.

---

1. Par ces mots *gouffres profonds*, le poète désigne le *lit* de la *mer*.
2. Les bornes que Dieu a prescrites aux flots de la mer, c'est-à-dire leurs rivages.
3. Pendant les plus violentes tempêtes.
4. Le sens de cette fable est qu'il faut, autant que possible, éviter les procès, qui sont toujours ruineux, même pour ceux qui les gagnent.
5. Inversion.
6. Le flot de la mer, le flux.
7. C'est-à-dire pour savoir qui la mangerait.

L'un se baissait déjà pour amasser [1] la proie :
L'autre le pousse, et dit : « Il est bon de savoir
    Qui de nous en aura la joie.
Celui qui le premier a pu l'apercevoir
En sera le gobeur ; l'autre le verra faire.
    — Si par là l'on juge l'affaire,
Reprit son compagnon, j'ai l'œil bon, Dieu merci
    — Je ne l'ai pas mauvais aussi,
Dit l'autre ; et je l'ai vue avant vous, sur ma vie
— Hé bien ! vous l'avez vue ; et moi je l'ai sentie. »
    Pendant tout ce bel incident,
Perrin Dandin [2] arrive : ils le prennent pour juge.
Perrin, fort gravement, ouvre l'huître, et la gruge,
    Nos deux messieurs le regardant.
Ce repas fait, il dit d'un ton de président :
« Tenez, la cour [3] vous donne à chacun une écaille
Sans dépens [4] ; et qu'en paix chacun chez soi s'en aille. »
Mettez [5] ce qu'il en coûte à plaider aujourd'hui ;
Comptez ce qu'il en reste à beaucoup de familles :
Vous verrez que Perrin tire l'argent à lui,
Et ne laisse aux plaideurs que le sac et les quilles [6].

LA FONTAINE.

1. Aujourd'hui le mot propre serait *ramasser*.
2. Nom donné par d'anciens auteurs à un homme de justice.
3. Le tribunal.
4. Trop heureux plaideurs de ne pas être condamnés aux dépens quand le juge ne leur laisse rien !
5. Comptez.
6. Expression proverbiale, pour dire ne leur laisse rien ; le sac, sans l'argent, les quilles sans la boule, ne sont d'aucun usage. Étymologie douteuse.

XLVI

LA LAITIÈRE ET LE POT AU LAIT.

HISTORIETTE.

Perrette, sur sa tête[1] ayant un pot au lait
    Bien posé sur un coussinet,
Espérait arriver sans encombre[2] à la ville.
Légère et court vêtue, elle allait à grands pas,
Ayant mis ce jour-là, pour être plus agile,
    Cotillon simple et souliers plats[3].
    Notre laitière ainsi troussée[4]
    Comptait déjà dans sa pensée
Tout le prix de son lait; en employait l'argent;
Achetait un cent d'œufs; faisait triple couvée[5] :
La chose allait à bien par son soin diligent[6].
    « Il m'est, disait-elle, facile
D'élever des poulets autour de ma maison;
    Le renard[7] sera bien habile
S'il ne m'en laisse assez pour avoir un cochon.
Le porc à s'engraisser coûtera peu de son;

1. Inversion.
2. Sans accident.
3. Dans ce vers, la suppression de l'article a pour objet de donner à la phrase plus de vivacité et plus de grâce. En prose ce serait une incorrection.
4. Ainsi accoutrée.
5. L'argent qu'elle retirera de son lait sera employé à acheter un cent d'œufs; elle fera couver une grande partie de ces œufs par trois poules; voilà le sens de *triple couvée*. Une poule peut couver jusqu'à dix-neuf œufs.
6. Elle aura tant de soin des couvées, que toutes réussiront.
7. Le renard fait la guerre à la volaille; mais il me restera toujours assez de poulets pour que, en les vendant, je puisse acheter un porc maigre, que j'engraisserai.

Il était, quand je l'eus[1], de grosseur raisonnable;
J'aurai, le revendant, de l'argent bel et bon.
Et qui m'empêchera de mettre en notre étable,
Vu le prix dont il est[2], une vache et son veau,
Que[3] je verrai sauter au milieu du troupeau? »
Perrette là-dessus saute aussi, transportée[4] :
Le lait tombe; adieu veau, vache, cochon, couvée.
La dame de ces biens[5], quittant d'un œil marri[6]
  Sa fortune ainsi répandue,
  Va s'excuser à son mari,
  En grand danger d'être battue.
  Le récit en farce en fut fait;
  On l'appela le *Pot au lait*.

  Quel esprit ne bat la campagne?
  Qui ne fait châteaux en Espagne[7]?
Quand je suis seul, je fais au plus brave un défi;
Je m'écarte[8], je vais détrôner le sophi[9],
  On m'élit roi; mon peuple m'aime;
Les diadèmes vont sur ma tête pleuvant :
Quelque accident fait-il que je rentre en moi-même;
  Je suis Gros-Jean comme devant[10].

LA FONTAINE.

1. Perrette, dit *quand je l'eus*. Elle se figure qu'elle a déjà acheté le cochon.

2. Elle se figure aussi que le cochon est déjà engraissé et revendu. « Vu le prix auquel j'ai vendu ce cochon, je pourrai acheter une vache avec son veau. »

3. *Que* se rapporte seulement à *veau*.

4. Elle saute de joie, en pensant qu'elle a une belle vache et un joli veau, qui folâtre au milieu des bêtes à cornes du village, que l'on conduit ensemble dans les prés.

5. Perrette, qui n'avait été qu'en idée *dame de ces biens*, c'est-à-dire propriétaire des œufs d'abord, puis du cochon, puis de la vache.

6. Triste, affligé.

7. *Battre la campagne, faire des châteaux en Espagne*, c'est se livrer à des idées chimériques et faire des projets en l'air.

8. Je m'éloigne.

9. Le roi de Perse.

10. En imagination j'étais roi; lorsque je sors de mon rêve, je

XLVII

DIEU RÉVÉLÉ PAR SES ŒUVRES.

Oui, c'est un Dieu caché que le Dieu qu'il faut croire.
Mais, tout caché qu'il est, pour révéler sa gloire
Quels témoins éclatants devant moi[1] rassemblés !
Répondez, cieux et mers, et vous, terre, parlez.
Nuit brillante[2], dis-nous qui t'a donné tes voiles[3]?
Quel bras put vous suspendre, innombrables étoiles ?
O cieux ! que de grandeur et quelle majesté !
J'y[4] reconnais un maître à qui rien n'a coûté,
Et qui dans vos déserts[5] a semé la lumière,
Ainsi que dans nos champs il sème la poussière.

Toi qu'annonce l'aurore, admirable flambeau,
Astre toujours le même, astre toujours nouveau,
Par quel ordre, ô soleil ! viens-tu du[6] sein de l'onde
Nous rendre les rayons de ta clarté féconde ?
Tous les jours je t'attends, tu reviens tous les jours ;
Est-ce moi qui t'appelle et qui règle ton cours?

Et toi dont le courroux[7] veut engloutir la terre,
Mer terrible ! en ton[8] lit quelle main te resserre ?

suis Gros-Jean comme auparavant, c'est-à-dire un paysan, un
bourgeois.

1. La construction est : Quels témoins éclatants *sont* rassemblés devant moi pour révéler sa gloire.
2. Brillante du feu des étoiles.
3. Ténèbres.
4. Je reconnais *à cette grandeur* et *à cette majesté*.
5. Votre immensité. Il y a une inversion dans ce vers et dans le suivant.
6. On croyait autrefois que le soleil se couchait dans l'Océan et en sortait. De là cette expression *du fond de l'onde*. L'auteur de ces vers savait fort bien que le soleil ne sort pas du sein de l'Océan et que la terre tourne autour du soleil.
7. La mer courroucée, c'est-à-dire soulevée par les orages.
8. Inversion.

Pour forcer ta prison tu fais de vains efforts,
La rage de tes flots expire sur tes bords.

Louis RACINE.
(Extrait du poëme de la Religion.)

EXPLICATION.

1.-4. Sans doute, le Dieu auquel nous devons croire est caché à nos yeux ; mais, quoiqu'il soit invisible, l'univers entier, qui est son œuvre, nous le fait assez connaître ; et les diverses parties de cet univers sont comme des témoins de sa gloire et de sa grandeur, qui la proclament. Les cieux, la mer, la terre, quand je les interroge, me répondent qu'il existe et qu'il est tout-puissant.

5.-10. C'est Dieu qui est le créateur de la nuit comme du jour. C'est lui seul qui a pu suspendre dans l'immensité les étoiles innombrables. Que la création des cieux est grande et magnifique! on voit que rien ne coûtait au souverain Créateur; il a semé les étoiles avec autant d'abondance dans le ciel que la poussière dans les champs.

11.-16. N'est-ce pas par l'ordre de Dieu que chaque jour le soleil reparaît? Est-ce l'homme qui règle le cours de ce grand astre?

17.-20. N'est-ce pas Dieu qui force la mer à rester dans son lit et l'empêche de submerger la terre? Elle s'avance furieuse sur le rivage ; mais elle ne franchira pas les bornes que la main de Dieu lui a posées.

XLVIII

L'ENFANT DE L'HOSPICE[1].

« Adieu, mes sœurs, voici l'aurore,
Il faut vous quitter pour toujours;
Mais je n'ai que douze ans, je suis bien jeune encore!
Qui voudra désormais prendre soin de mes jours?

« Je n'ose plus vous demander ma mère,
Vos yeux se baisseraient encore tristement;
Vous m'avez dit, du moins, qu'au ciel j'avais un père,
Qu'il fallait chaque jour le prier humblement,
      Et que sa bonté tutélaire
      Prendrait pitié de son enfant. »

L'enfant, à ces mots, s'achemine
Sans détourner les yeux, n'osant pas soupirer;
Et quand il disparut derrière la colline,
Les sœurs, en se signant, se mirent à pleurer.
      Le voilà donc, triste, sans guide
      Souffrant du froid et quelquefois de faim,
De la ville au village errant d'un pas timide,
Et demandant partout du travail et du pain.

      Soit que la douce bienfaisance
Accueillît sa misère et lui tendît les bras,
      Soit que l'orgueil de l'opulence
      Sans pitié repoussât ses pas,
Des lieux témoins de sa première enfance
Le souvenir[2] ne l'abandonnait pas.

---

1. Un pauvre enfant quitte l'hospice pour se placer; mais
bientôt, étant tombé malade, il revient dans ce même hospice
pour se faire soigner, et meurt. Tel est le sujet de cette simple
et belle élégie.
2. Le souvenir des lieux.

Et quand, parfois, touché de sa misère,
Le passant, déplorant son abandon cruel,
   Lui demandait : « Enfant, quel est ton père ? »
Il ne répondait pas, mais il montrait le ciel.

   L'automne fuyait ; la campagne
S'attristait au retour des glaces de l'hiver :
   Un jour la nue avait obscurci l'air,
La neige blanchissait le front de la montagne ;
   Les vents au souffle impétueux
Mugissaient, déchaînés autour du saint hospice,
Et sur le vieux clocher du gothique édifice
Agitaient en grondant l'airain religieux [1].
   Une voix faible, lamentable,
Au bruit de l'ouragan [2] tout à coup se mêla ;
   Elle invoquait la pitié secourable,
   Et disait : « Dieu vous le rendra. »

   On ouvre au malheureux qui prie.
   Il entre. O mortelles douleurs !
C'est lui, le pauvre enfant, près de perdre la vie,
Et rassemblant ces mots [3] sur sa lèvre flétrie [4] :
   « Je vais mourir ! bénissez-moi, mes sœurs ! »

   A ses côtés on accourt, on s'empresse ;
   Des saintes sœurs [2] environné,
Le voilà qui sourit aux soins de leur tendresse,
Mais tous leurs soins sont vains, car son heure [5] a sonné.
   Bientôt il ferme la paupière,
   En murmurant ces mots si doux :
   « Vous m'avez dit qu'au ciel j'avais un père,
   « Et je vais le prier pour vous. »

AUDIFFRET.

1. La cloche.
2. Inversion.
3. Faisant un effort pour prononcer d'une voix entrecoupée
ces mots.
4. Pâle.
5. Sa dernière heure.

XLIX

LE CHARRETIER EMBOURBÉ.

FABLE.

Le Phaéton[1] d'une voiture à foin
Vit son char embourbé. Le pauvre homme était loin
De tout humain secours, c'était à la campagne,
Près d'un certain canton de la basse Bretagne,
    Appelé Quimper-Corentin.
    On sait assez que le Destin
Adresse là les gens quand il veut qu'on enrage[2].
    Dieu nous préserve du voyage!
Pour venir au chartier[3] embourbé dans ces lieux,
Le voilà qui déteste et jure de son mieux,
    Pestant, en sa fureur extrême,
Tantôt contre les trous, puis contre ses chevaux,
    Contre son char, contre lui-même.
Il invoque à la fin le dieu dont les travaux
    Sont si célèbres dans le monde :
« Hercule, lui dit-il, aide-moi; si ton dos
    A porté la machine ronde[4],
    Ton bras peut me tirer d'ici. »

1. Selon les païens, Phaéton, fils du Soleil, obtint un jour de conduire le char de son père, d'où il fut précipité dans l'Éridan. *Phaéton* signifie donc ici *conducteur*. Il est permis aux poëtes d'employer quelquefois les idées et les images du paganisme, pour donner plus d'agrément à leurs récits. C'est ainsi que plus loin l'auteur va mettre en scène Hercule, héros célèbre par sa force, et qui, selon les païens, avait été placé au rang des dieux.

2. *Quand il veut qu'on enrage.* La basse Bretagne était l'effroi des voyageurs par le mauvais état de ses chemins.

3. On a dit longtemps *charretier* avant d'écrire *chartier*, qui a prévalu seulement pour les noms propres, car l'Académie s'est prononcée en faveur de *charretier*.

4. Les païens prétendaient qu'Hercule avait un jour soutenu le ciel sur ses épaules.

Sa prière étant faite, il entend dans la nue
    Une voix qui lui parle ainsi :
    « Hercule veut qu'on se remue;
Puis il aide les gens. Regarde d'où provient
    L'achoppement[1] qui te retient;
    Ote d'autour de chaque roue
Ce malheureux mortier, cette maudite boue
    Qui jusqu'à l'essieu les enduit;
Prends ton pic, et me romps ce caillou qui te nuit;
Comble-moi cette ornière. As-tu fait?—Oui, dit l'homme.
—Or bien je vas t'aider, dit la voix; prends ton fouet.
— Je l'ai pris... Qu'est ceci? mon char marche à souhait;
Hercule en soit loué! » Lors la voix : « Tu vois comme
Tes chevaux aisément se sont tirés de là.
    Aide-toi, le ciel t'aidera. »

LA FONTAINE.

L

LA CHARITÉ[2].

CANTIQUE TIRÉ DE LA PREMIÈRE ÉPÎTRE DE SAINT PAUL
AUX CORINTHIENS, ch. XIII.

Les méchants m'ont vanté leurs mensonges frivoles;
    Mais je n'aime que les paroles
    De l'éternelle vérité.
    Plein du feu divin qui m'inspire,

1. *Achoppement*, obstacle, de *chopper*, vieux mot qui signifie *heurter*.

2. La *Charité*, c'est-à-dire, avant tout, l'amour par lequel nous aimons Dieu comme le souverain bien, puis l'amour que nous avons pour le prochain en vue de Dieu. (Le maître devra expliquer avec soin aux enfants le sens de ce mot, de peur qu'ils ne l'entendent dans le sens restreint: « Don fait aux pauvres dans un sentiment de religion. »)

Je consacre aujourd'hui ma lyre
A la céleste Charité[1].

En vain je parlerais le langage des anges,
  En vain, mon Dieu, de tes louanges
  Je remplirais tout l'univers :
  Sans amour[2], ma gloire n'égale
  Que la gloire de la cymbale
  Qui d'un vain bruit frappe les airs.

Que sert à mon esprit de percer les abîmes
  Des mystères les plus sublimes,
  Et de lire dans l'avenir?
  Sans amour ma science est vaine[3],
  Comme le songe dont à peine
  Il reste un léger souvenir.

Que me sert que ma foi[4] transporte les montagnes,
  Que, dans les arides campagnes,
  Les torrents naissent sous mes pas;
  Ou que, ranimant la poussière,
  Elle rende aux morts la lumière,
  Si l'amour ne l'anime pas?

Oui, mon Dieu, quand mes mains de tout mon héritage
  Aux pauvres feraient le partage;
  Quand même pour le nom chrétien,
  Bravant les croix les plus infâmes,

---

1. *Je consacre ma lyre à la Charité*, c'est-à-dire je vais célébrer la Charité dans mes vers.

2. Si je n'aime pas Dieu et le prochain, j'aurai beau célébrer la gloire de Dieu en termes magnifiques; mes discours, tout admirables qu'ils paraissent, sont vains et sans effet comme le son des cymbales, qui ne signifie rien et qui s'évanouit aussitôt qu'il a été entendu.

3. Sans la charité, la science ne nous sert de rien et n'a pas plus de valeur qu'un songe.

4. Notre foi même, quand elle serait assez ardente pour faire des miracles, ne suffirait pas pour sauver notre âme; il faut aussi que nous ayons la charité.

Je livrerais mon corps aux flammes,
Si je n'aime, je ne suis rien [1].

Que je vois de vertus qui brillent sur ta trace,
Charité, fille de la Grâce !
Avec toi marche la Douceur,
Que suit, avec un air affable,
La Patience inséparable
De la Paix, son aimable sœur.

Tel que l'astre du jour [2] écarte les ténèbres,
De la nuit [3] compagnes funèbres ;
Telle tu chasses d'un coup d'œil [4]
L'envie, aux humains si fatale,
Et toute la troupe infernale
Des vices, enfants de l'orgueil.

Libre d'ambition, simple et sans artifice [5],
Autant que tu hais l'injustice,
Autant la vérité te plaît.
Que peut la colère farouche [6]
Sur un cœur que jamais ne touche
Le soin de son propre intérêt ?

Aux faiblesses d'autrui [3] loin d'être inexorable,
Toujours d'un voile favorable [3]
Tu t'efforces de les couvrir.
Quel triomphe manque à ta gloire ?
L'amour sait tout vaincre, tout croire,
Tout espérer et tout souffrir.

1. L'aumône, le martyre même, ne nous serviraient de rien
sans la charité.
2. Le soleil.
3. Inversion.
4. Comme le soleil chasse les ténèbres, ainsi la charité chasse
de notre cœur l'envie et les autres vices.
5. Ces trois adjectifs se rapportent à *toi*, c'est-à-dire à la
Charité.
6. Un cœur que son propre intérêt ne touche pas, parce que
toutes ses pensées sont à Dieu, est inaccessible à la colère.

Un jour Dieu cessera d'inspirer des oracles;
　　Le don des langues, les miracles,
　　La science aura son déclin :
　　L'amour, la charité divine,
　　Éternelle en son origine,
　　Ne connaîtra jamais de fin.

Nos clartés ici-bas ne sont qu'énigmes sombres;
　　Mais Dieu, sans voiles et sans ombres,
　　Nous éclairera dans les cieux;
　　Et ce soleil inaccessible,
　　Comme à ses yeux je suis visible,
　　Se rendra visible à mes yeux.

L'amour sur tous les dons[1] l'emporte avec justice.
　　De notre céleste édifice[1]
　　La Foi vive est le fondement;
　　La sainte Espérance l'élève,
　　L'ardente Charité l'achève[2],
　　Et l'assure éternellement.

Quand pourrai-je t'offrir, ô Charité suprême[3],
　　Au sein de la lumière même,
　　Le cantique de mes soupirs;
　　Et, toujours brûlant pour ta gloire,
　　Toujours puiser et toujours boire
　　Dans la source des vrais plaisirs!

　　　　　　　　　　　　　　　RACINE.

1. Inversion.
2. Cette stance résume admirablement ce que l'Église enseigne sur les trois vertus théologales.
3. Ceci s'adresse à Dieu comme étant la source de la charité humaine, et étant lui-même la souveraine charité. Cette stance exprime le vœu ardent du chrétien qui demande à être reçu dans le sein de Dieu.

LI

L'INSTINCT DES OISEAUX.

Parmi tous ces oiseaux dont les mœurs, les penchants
Et les instincts divers sont l'objet de mes chants,
Combien d'adroits pêcheurs et de chasseurs habiles!
Observez cet oiseau redouté des reptiles[1];
Si du plus haut des airs il découvre un serpent,
Aussitôt, pour saisir son ennemi rampant,
Sur lui [2] d'un vol rapide il s'élance avec joie,
L'emporte dans les airs, laisse tomber sa proie,
Descend, la ressaisit, prend de nouveau l'essor,
La jette, la reprend et la rejette encor,
Et ne s'arrête pas que sa chute fréquente
N'abandonne à sa faim sa victime mourante[3].
Ainsi qu'adroits chasseurs, architectes savants,
Contre leurs ennemis, les frimas et les vents,
Avec combien d'adresse, instruits par la nature,
Ils savent de leur nid combiner la structure[4]!
Chaque race[5] choisit et la forme et le lieu;
L'une[6] en ces longs canaux où pétille le feu,
Sous nos toits, sous nos murs[7], hospitaliers pour elle,
Construit de ses enfants la demeure nouvelle[8].

1. La cigogne.
2. Inversion : Il s'élance sur lui.
3. La cigogne s'arrête lorsqu'à force de faire tomber le serpent, elle l'a tué; et alors elle le mange.
4. Voici comment il faut construire : Avec combien d'adresse *les oiseaux*, instruits par la nature, savants architectes ainsi qu'adroits chasseurs, savent combiner la structure de leur nid pour *le protéger* contre les frimas et les vents, qui sont *pour eux* des ennemis!
5. Chaque espèce d'oiseau.
6. L'hirondelle de cheminée.
7. L'hirondelle de fenêtre ou martinet.
8. La construction est : L'une construit la demeure nouvelle

L'un au chêne orgueilleux, l'autre à l'humble **arbrisseau,**
De ses jeunes enfants confia le berceau[1];
Là, des œufs maternels nouvellement éclose,
Sur le plus doux coton la famille repose[2];
Et la laine et le crin, assemblés avec art,
De leur tissu serré[3] leur forment un rempart
Dont le tour régulier, l'exacte symétrie
Défîrait le compas de la géométrie[4].
Par un soin prévoyant d'autres placent leurs nids
Au lieu le plus propice à nourrir leurs petits;
Ici l'amour craintif[5] les cache sous la terre[6];
Là, de leurs ennemis[7] pour éviter la guerre,
Les suspend aux rameaux mollement balancés[8],
Et dans ce doux hamac[7] les enfants sont bercés;
Quelques-uns[9] ont leur toit, leur auvent, leur issue
Qui de leurs ennemis[7] ne peut être aperçue:
Chacun a son instinct inspiré par l'amour.
Voyez, de ses enfants[7] préparant le séjour
En architecte adroit, mais en père timide,

de ses enfants dans ces longs canaux où le feu pétille, c'est-à-dire dans les cheminées; ou sous un toit, ou contre une fenêtre. L'auteur dit que nos toits et nos murs *sont hospitaliers pour elle,* parce que les hirondelles sont toujours bien accueillies et que l'on a soin de ne pas déranger leurs nids.

1. L'un fait son nid dans un chêne *orgueilleux,* c'est-à-dire haut, élevé; l'autre dans un arbrisseau que le poëte appelle *humble,* c'est-à-dire peu élevé.

2. Construisez: La famille nouvellement éclose des œufs repose sur le plus doux coton.

3. Par leur tissu serré.

4. C'est-à-dire qu'un géomètre avec son compas ne pourrait faire quelque chose de plus régulier et de plus symétrique.

5. L'amour craintif de l'oiseau, c'est-à-dire l'oiseau craignant pour les petits qu'il aime.

6. Le troglodyte, le plus petit de nos oiseaux de France, niche dans des trous souterrains.

7. Inversion.

8. La mésange pendulline suspend par quelques brins d'herbe à une branche flexible son nid, qu'elle forme des plus doux duvets.

9. Quelques nids.

Cet oiseau[1] leur construire une humble pyramide,
Mille fois préférable à celles de l'orgueil[2].
Son air mystérieux[3] d'abord étonne l'œil;
Introduit par la porte au sein du vestibule,
L'oiseau monte et descend dans une autre cellule,
Où, cachés et bravant les piéges, les saisons[4],
Reposent mollement ses tendres nourrissons.
Ainsi nos toits, nos murs, les forêts, les charmilles,
Tout a ses constructeurs, ses berceaux, ses familles;
Tout aime, tout jouit, tout bâtit à son tour.
Protége, Dieu puissant, ces enfants de l'amour,
Le doux chardonneret, la fauvette fidèle,
Le folâtre pinson, et surtout Philomèle[5]!
Dirai-je encor comment, pour chercher d'autres cieux,
L'oiseau quitte les champs qu'habitaient ses aïeux[6]?
A peine à cet exil[7] le vent les sollicite,
Je ne sais quel instinct en secret les agite[8];
Même les nouveau-nés, qui par de faibles sons
Semblent en gazouillant essayer leurs chansons,
Tout à coup avertis par une voix secrète,

---

1. Le plus remarquable de tous les nids d'oiseaux est celui d'une espèce de troupiale d'Amérique.

Il est suspendu par un long cordon tissu d'herbe; sa forme est celle d'une bourse étroite et haut, élargie en bas; l'entrée est par le côté; mais, loin de consister dans un simple trou, c'est un canal, une sorte de cheminée renversée, dont l'orifice est vers le bas. L'oiseau qui vole y pénètre aisément; mais les reptiles ou les quadrupèdes qui seraient grimpés le long des branches ne peuvent y arriver.

2. Celles de *l'orgueil*, c'est-à-dire les pyramides d'Égypte, élevées par des souverains *orgueilleux*.

3. Son aspect mystérieux.

4. Étant à l'abri des piéges et à l'abri du froid et du chaud.

5. Le rossignol.

6. Migration des oiseaux qui quittent nos pays vers la fin de l'automne et ne reviennent qu'au printemps.

7. Inversion.

8. Voici le sens de ces deux vers :

Aussitôt que le vent, en soufflant du nord, semble les engager à se diriger vers le midi, un instinct, je ne sais lequel, les agite intérieurement et les excite à partir.

Expriment à l'envi leur ardeur inquiète :
Tout se meut, tout s'empresse ; et du sommet des toits,
De la pointe des rocs, de la cime des bois,
De mille cris confus[1] le bizarre mélange
Des oiseaux voyageurs[1] appelle la phalange.
Ainsi dans leur saison les cannes de Lapland[2]
Partent formant dans l'air un triangle volant :
Chaque oiseau tour à tour à la pointe[1] se place,
Un autre le relève aussitôt qu'il se lasse ;
Chacun du dernier rang se transporte au premier,
Chacun du premier rang se replace au dernier.
Ils abordent ; les bois, les monts et les rivages
Retentissent du vol de ces vivants nuages,
Que l'instinct, le besoin, aidés d'un vent heureux,
Poussent dans des climats qui n'étaient pas pour eux.

DELILLE.

LII

LE BERGER ET LE ROI.

HISTORIETTE.

Un roi vit un troupeau qui couvrait tous les champs,
Bien broutant, en bon corps, rapportant tous les ans,
Grâce aux soins du berger, de très-notables sommes.
Le berger plut au roi par ces soins diligents.
« Tu mérites, dit-il, d'être pasteur de gens :
Laisse là tes moutons, viens conduire des hommes ;
    Je te fais juge souverain. »
Voilà notre berger la balance à la main[3].

---

1. Inversion.
2. De la Laponie.
3. *La balance à la main*, c'est-à-dire administrateur et juge
La balance est le symbole de la justice.

Quoiqu'il n'eût guère vu d'autres gens qu'un ermite,
Son troupeau, ses mâtins, le loup, et puis c'est tout,
Il avait du bon sens ; le reste vient ensuite :
    Bref, il en vint fort bien à bout.
L'ermite son voisin accourut pour lui dire :
« Veillé-je ? et n'est-ce point un songe que je vois ?
Vous, favori ! vous, grand ! Défiez-vous des rois ;
Leur faveur est glissante : on s'y trompe ; et le pire,
C'est qu'il en coûte cher : de pareilles erreurs
Ne produisent jamais que d'illustres malheurs.
Vous ne connaissez pas l'attrait qui vous engage[1] :
Je vous parle en ami ; craignez tout. » L'autre rit ;
    Et notre ermite poursuivit :
« Voyez combien déjà la cour[2] vous rend peu sage.
Je crois voir cet aveugle à qui, dans un voyage,
    Un serpent engourdi de froid
Vint s'offrir sous la main : il le prit pour un fouet ;
Le sien[3] s'était perdu, tombant de sa ceinture.
Il rendait grâce au ciel de l'heureuse aventure,
Quand un passant cria : « Que tenez-vous ? ô dieux !
« Jetez cet animal traître et pernicieux,
« Ce serpent ! — C'est un fouet ! — C'est un serpent ! vous
« A me tant tourmenter[4] quel intérêt m'oblige ? [dis-je.
« Prétendez-vous garder ce trésor ? — Pourquoi non ?
« Mon fouet était usé : j'en retrouve un fort bon bon :
    « Vous n'en parlez que par envie. »
    L'aveugle enfin ne le crut pas,
    Il en perdit bientôt la vie :
L'animal dégourdi piqua son homme au bras.
    Quant à vous, j'ose vous prédire
Qu'il vous arrivera quelque chose de pire.
« Eh ! que me saurait-il arriver que la mort ?
— Mille dégoûts viendront, » dit le prophète ermite.
Il en vint en effet : l'ermite n'eut pas tort.

1. Vous ne connaissez pas les dangers attachés à cette position qui vous séduit.
2. *La cour*, c'est-à-dire votre séjour à la cour du roi.
3. Son fouet.
4. Inversion.

Mainte peste[1] de cour fit tant, par maint ressort[2],
Que la candeur du juge, ainsi que son mérite,
Furent suspects au prince. On cabale, on suscite
Accusateurs et gens grevés par ses arrêts.
« De nos biens[3], dirent-ils, il s'est fait un palais[4]. »
Le prince voulut voir ces richesses immenses.
Il ne trouva partout[5] que médiocrité,
Louanges du désert et de la pauvreté :
  C'étaient là ses magnificences.
« Son fait[6], dit-on, consiste en des pierres de prix[7] :
Un grand coffre en est plein, fermé de dix serrures. »
Lui-même[8] ouvrit ce coffre, et rendit bien surpris
  Tous les machineurs[9] d'impostures.
Le coffre étant ouvert, on y vit des lambeaux,
  L'habit d'un gardeur de troupeaux,
Petit chapeau, jupon, panetière, houlette,
  Et, je pense, aussi sa musette.
« Doux trésors, ce dit-il, chers gages qui jamais
N'attirâtes sur vous l'envie et le mensonge,
Je vous reprends : sortons de ces riches palais
  Comme l'on sortirait d'un songe :
Sire, pardonnez-moi cette exclamation :
J'avais prévu ma chute en montant sur le faîte.
Je m'y suis trop complu ; mais qui n'a dans la tête
  Un petit grain d'ambition ? »

       LA FONTAINE.

1. On dit méchant comme la peste, et par figure, *une peste*
pour un méchant.

2. Par plusieurs intrigues.

3. Inversion.

4. Il a fait bâtir un palais avec l'argent qu'il nous a enlevé.

5. *Partout*, c'est-à-dire dans toute la maison de l'ancien
berger.

6. Son bien, fruit de ses rapines.

7. Pierres précieuses, c'est-à-dire diamants, rubis, éme-
raudes, etc.

8. L'ancien berger ouvrit son coffre pour faire voir eu roi ce
qui était dedans.

9. *Machineur*, vieux mot hors d'usage, qui a été remplacé
par *machinateur*.

LIII

PRIÈRE D'ESTHER.

[Le roi Assuérus, trompé par Aman son perfide ministre, avait résolu de faire périr tous les Juifs qui étaient dans ses États. Il ignorait qu'Esther son épouse était Juive. Esther prend la résolution d'aller trouver le roi pour lui faire connaître la perfidie d'Aman, et pour obtenir la révocation de l'arrêt lancé contre les Juifs. En faisant cette démarche, elle s'exposait à un grand danger; car quiconque paraissait devant le roi sans avoir été appelé, était puni de mort, à moins que le roi ne lui fît grâce en lui tendant son sceptre.

Sur le point d'exécuter sa résolution, Esther adresse à Dieu cette prière :]

O mon souverain roi [1],
Me voici donc tremblante et seule devant toi ;
Mon père mille fois m'a dit, dans mon enfance,
Qu'avec nous [2] tu juras une sainte alliance,
Quand, pour te faire un peuple agréable à tes yeux,
Il plut à ton amour de choisir nos aïeux :
Même tu leur promis de ta bouche sacrée
Une postérité d'éternelle durée.
Hélas! ce peuple ingrat a méprisé ta loi ;
La nation chérie a violé sa foi ;
Elle a répudié son époux et son père,
Pour rendre à d'autres dieux un honneur adultère :
Maintenant elle sert sous un maître étranger [3].
Mais c'est peu d'être esclave, on la veut égorger :
Nos superbes vainqueurs, insultant à nos larmes,
Imputent à leurs dieux le bonheur de leurs armes
Et veulent aujourd'hui qu'un même coup mortel
Abolisse ton nom, ton peuple et ton autel.

1. C'est à Dieu que ces paroles s'adressent.
2. Inversion.
3. Captivité dite de Babylone.

Ainsi donc un perfide[1], après tant de miracles,
Pourrait anéantir la foi de tes oracles,
Ravirait aux mortels le plus cher de tes dons,
Le saint que tu promets et que nous attendons[2].
Non, non, ne souffre pas que ces peuples farouches,
Ivres de notre sang, ferment les seules bouches
Qui, dans tout l'univers, célèbrent tes bienfaits;
Et confonds tous ces dieux qui ne furent jamais[3].

Pour moi, que tu retiens parmi ces infidèles,
Tu sais combien je hais leurs fêtes criminelles[4],
Et que je mets au rang des profanations
Leur table, leurs festins et leurs libations;
Que même cette pompe où je suis condamnée[5],
Ce bandeau[6] dont il faut que je paraisse ornée
Dans ces jours solennels à l'orgueil[7] dédiés[8],
Seule et dans le secret je le foule à mes pieds;
Qu'à ces vains ornements[7] je préfère la cendre[9],
Et n'ai de goût qu'aux pleurs que tu me vois répandre.
J'attendais le moment marqué dans ton arrêt,
Pour oser de ton peuple[7] embrasser l'intérêt.
Ce moment est venu : ma prompte obéissance
Va d'un roi redoutable[7] affronter la présence.
C'est pour toi que je marche : accompagne mes pas
Devant ce fier lion[10] qui ne le connaît pas;
Commande en me voyant que son courroux s'apaise,

1. Aman.
2. Le Messie.
3. Les faux dieux adorés par les païens.
4. Les fêtes que les païens célébraient en l'honneur des faux dieux.
5. Cette magnificence à laquelle je suis obligée par ma qualité de reine.
6. Ce diadème, cette couronne royale.
7. Inversion.
8. Dans les jours dédiés à l'orgueil, c'est-à-dire dans les jours des grandes cérémonies.
9. Par humilité; elle se couchait sur de la cendre ou en mettait sur sa tête.
10. Assuérus, qui ne connaissait pas le vrai Dieu.

Et prête à mes discours un charme qui lui plaise.
Les orages, les vents, les cieux te sont soumis :
Tourne enfin sa fureur contre nos ennemis.

LIV

LE MEUNIER, SON FILS ET L'ANE.

HISTORIETTE.

J'ai lu dans quelque endroit qu'un meunier et son fils,
L'un vieillard, l'autre enfant, non pas des plus petits,
Mais garçon de quinze ans, si j'ai bonne mémoire,
Allaient vendre leur âne un certain jour de foire.
Afin qu'il fût plus frais et de meilleur débit,
On lui lia les pieds, on vous le suspendit ;
Puis cet homme et son fils le portent comme un lustre.
Le premier qui les vit de rire s'éclata [1] :
« Pauvres gens ! idiots ! couple ignorant et rustre !
Quelle farce, dit-il, vont jouer ces gens-là ?
Le plus âne [2] des trois n'est pas celui qu'on pense. »
Le meunier, à ces mots, connaît son ignorance ;
Il met sur pied sa bête, et la fait détaler.
L'âne, qui goûtait fort l'autre façon d'aller,
Se plaint en son patois. Le meunier n'en a cure [3] ;
Il fait monter son fils, il suit : et, d'aventure,
Passent trois bons marchands. Cet objet leur déplut.
Le plus vieux au garçon s'écria tant qu'il put :
« Oh là ! oh ! descendez, que l'on ne vous le dise,
Jeune homme, qui menez laquais à barbe grise,
C'était à vous de suivre, au vieillard de monter. —
Messieurs, dit le meunier, il vous faut contenter. »

---

1. On dit maintenant *éclater de rire*, et non *s'éclater*.
2. *Le plus âne*. Ce vers, devenu proverbe, reçoit de fréquentes applications.
3. Souci, c'est-à-dire le meunier ne s'en inquiète pas.

L'enfant met pied à terre, et puis le vieillard monte;
Quand trois filles passant, l'une dit : « C'est grand'honte
Qu'il faille voir ainsi clocher ce jeune fils,
Tandis que ce nigaud, comme un évêque assis [1],
Fait le veau sur son âne, et pense être bien sage. —
Il n'est, dit le meunier, plus de veaux à mon âge :
Passez votre chemin, la fille, et m'en croyez. »
Après maints quolibets coup sur coup renvoyés,
L'homme crut avoir tort, et mit son fils en croupe.
Au bout de trente pas, une troisième troupe
Trouve encore à gloser. L'un dit : « Ces gens sont fous!
Le baudet n'en peut plus, il mourra sous leurs coups.
Eh quoi! charger ainsi cette pauvre bourrique!
N'ont-ils point de pitié de leur vieux domestique?
Sans doute qu'à la foire ils vont vendre sa peau. —
Parbleu, dit le meunier, est bien fou du cerveau
Qui prétend contenter tout le monde et son père.
Essayons toutefois si par quelque manière
Nous en viendrons à bout. » Ils descendent tous deux.
L'âne se prélassant [2] marche seul devant eux.
Un quidam [3] les rencontre, et dit : « Est-ce la mode
Que baudet aille à l'aise, et meunier s'incommode?
Beau trio de baudets! » Le meunier repartit :
« Je suis âne, il est vrai, j'en conviens, je l'avoue;
Mais que dorénavant on me blâme, on me loue,
Qu'on dise quelque chose ou qu'on ne dise rien,
J'en veux faire à ma tête [4]. » Il le fit et fit bien.

LA FONTAINE.

1. Assis comme un évêque, inversion.
2. Allant sans se presser et à son aise comme un prélat.
3. Mot latin francisé fort à propos, et qu'on ne pourrait remplacer que par une périphrase languissante.
4. Les trois marchands avaient donné un bon conseil, et le meunier aurait dû le suivre. Le sens de cette fable est donc, non qu'il ne faut prendre conseil de personne, mais qu'il ne faut prendre conseil que des gens raisonnables et prudents, et qu'il ne faut pas chercher à contenter tout le monde, ce qui est impossible.

LV

LA LOI DE DIEU.

Tout l'univers est plein de sa magnificence :
Qu'on l'adore, ce Dieu[1], qu'on l'invoque à jamais !
Son empire a des temps précédé la naissance[2] ;
　Chantons, publions ses bienfaits.

　Il donne aux fleurs leur aimable peinture[3] ;
　　Il fait naître et mûrir les fruits[4] ;
　　Il leur dispense[5] avec mesure[6]
Et la chaleur des jours et la fraîcheur des nuits.
Le champ qui les reçut les rend avec usure[7].

Il commande au soleil d'animer la nature,
　Et la lumière est un don de ses mains ;
　　Mais sa loi sainte, sa loi pure[8],
Est le plus riche don qu'il ait fait aux humains[9].

O mont de Sinaï[10] ! conserve la mémoire[11]

1. Tournure vive et animée, pour *qu'on adore Dieu*.
2. Inversion. Son empire a précédé la naissance des temps,
c'est-à-dire il régnait avant que le temps commençât ; il règne
de toute éternité.
3. Leurs agréables couleurs.
4. *Fruit* veut dire ici toutes les productions de la terre utiles
à l'homme, comme le blé, le maïs, etc.
5. *Dispenser*, distribuer.
6. Dans une juste proportion.
7. Le champ dans lequel les grains ont été semés rend la se-
mence avec usure, c'est-à-dire la rend augmentée et multipliée.
8. Les dix commandements de Dieu.
9. Les vers qui précèdent amènent ces deux-ci : le sens depuis le commencement de la pièce, est : Les dons que Dieu nous
a faits sont magnifiques ; mais le plus magnifique de tous c'est sa
loi.
10. Les Commandements de Dieu ont été donnés à Moïse sur
le mont Sinaï ; c'est ce fait que les vers suivants retracent avec
un éclat et une élégance incomparables.
11. Le poète, dans son enthousiasme, s'adresse à la montagne

6

De ce jour à jamais auguste et renommé,
    Quand, sur ton sommet enflammé,
Dans un nuage épais[1] le Seigneur enfermé
Fit luire aux yeux mortels[2] un rayon de sa gloire.
    Dis-nous pourquoi ces feux et ces éclairs,
Ces torrents de fumée et ce bruit dans les airs,
    Ces trompettes et ce tonnerre :
Venait-il renverser l'ordre des éléments?
    Sur ses antiques fondements[1]
    Venait-il ébranler la terre?

Il venait révéler aux enfants des Hébreux[3]
De ses préceptes saints[1] la lumière immortelle;
    Il venait à ce peuple heureux[1]
Ordonner de l'aimer[4] d'une amour éternelle[5].

    O divine! ô charmante loi!
    O justice! ô bonté suprême[6]!
    Que de raisons, quelle douceur extrême
D'engager à ce Dieu son amour et sa foi[7]!

RACINE.

---

de Sinaï et lui dit : « Souviens-toi de ce jour où Dieu apparut sur ton sommet. Pourquoi cette apparition miraculeuse? Venait-il pour renverser la nature? Non, il venait pour révéler sa loi aux Hébreux. »

1. Inversion.

2. Aux yeux des mortels, des hommes.

3. Aux Hébreux.

4. D'aimer Dieu.

5. Le mot *amour* est quelquefois du féminin, surtout chez les poëtes.

6. Exclamations. Oh! que cette loi est charmante et digne de Dieu! quelle justice! quelle bonté!

7. Cette loi nous donne mille motifs d'aimer Dieu et de lui être fidèle, et c'est là *une extrême douceur*, c'est-à-dire un devoir très-doux à remplir.

LVI

LE BÛCHERON PERDU DANS LES NEIGES[1].

Le givre, les frimas sont des brouillards durcis[2]
Et par d'autres vapeurs[3] en tombant épaissis :
Mais avant que cette onde en gouttes[3] se rassemble,
Si ces molles vapeurs sont surprises ensemble,
Alors des champs de l'air[3] l'empire nuageux
Nous verse à gros flocons tous ces amas neigeux
Qui comblent nos vallons, recouvrent nos montagnes.
Ah ! que je plains alors l'habitant des campagnes!
Malheur[4] au bûcheron qui, revenant des bois,
Retourne sur le soir à ses rustiques toits !
Il ne reconnaît plus le fleuve, la vallée ;
Sa vue est éblouie, et son âme est troublée :
Il s'égare, il s'enfonce en de mouvants tombeaux[5].
Dans un lointain obscur, à travers des rameaux,
Il croit voir sa cabane ; à cette douce image
Il rassemble sa force, excite son courage :
Mais, soudain dissipé, le fantôme trompeur
Au lieu du toit chéri lui montre une vapeur !

1. Ce morceau, depuis *Malheur au bûcheron* jusqu'à *Vous donc,
soyez bénis*, offre un très-beau modèle de narration descriptive.
2. Dans les sept premiers vers, le poëte explique la formation
de la neige : les frimas, le givre, ne sont autre chose que des
vapeurs aqueuses que le froid a condensées; si ces vapeurs
aqueuses, en tombant avant de se réunir en gouttes, sont surprises
par le froid, elles forment la neige ; alors *l'empire de l'air nous
verse des amas neigeux*, c'est-à-dire la neige tombe à flocons.
3. Inversion.
4. *Malheur* n'est pas ici une imprécation, mais une expression de pitié.
5. Le poëte appelle les grands amas de neige des *tombeaux*,
parce qu'on peut y être enseveli, et ces tombeaux sont *mouvants*, parce que le vent chasse la neige et que ces amas considérables peuvent glisser des hauteurs dans la plaine.

Il traverse en tremblant ces effroyables scènes ;
Son œil y cherche en vain quelques traces humaines.
Autour de lui des vents[1] la colère mugit[2],
L'air siffle, le loup hurle et l'ours affreux rugit.
Le jour meurt, la nuit vient ; des nuages plus sombres
De moment en moment s'épaississent les ombres[3],
Et son horreur[4] ajoute à l'horreur du désert :
L'épouvante s'accroît, l'espérance se perd,
Et l'effroi, qui déjà lui peint sa mort prochaine,
Fait frémir chaque nerf, et court dans chaque veine.
Dans un sentier perfide[1] il craint de s'engager,
Il voit partout un piége, et partout un danger :
D'un terrain[1] infidèle[5] il peut être victime ;
Sous ses pas tout à coup peut s'ouvrir un abîme ;
Peut-être un noir marais, recouvert de frimas,
Sous leur tapis trompeur lui cache le trépas :
Il se peint un étang, un lac dont la surface
Couvre des flots bouillants sous sa voûte de glace,
Un précipice affreux, des carrières sans fonds.
L'imagination dans ces gouffres profonds[1]
Déjà le précipite[6] ; il tressaille, il s'arrête ;
Devant lui le désert, et sur lui la tempête.
Enfin, tremblant de crainte, épuisé de vigueur,
A côté d'un glaçon il tombe de langueur.
La mort vient, et son âme à cette idée horrible[1]

1. Inversion.
2. La colère des vents mugit, c'est-à-dire le vent siffle avec violence.
3. La construction est : Les ombres des nuages, devenues plus sombres, s'épaississent de moment en moment.
4. L'horreur de la nuit rend plus affreuse l'horreur de ces lieux solitaires.
5. Un terrain infidèle, c'est-à-dire qui le trompe ; il croit mettre le pied sur un terrain solide, et il s'enfonce dans un trou rempli de neige ou dans un marécage ; cette pensée est développée dans les six vers suivants.
6. L'imagination le précipite, c'est-à-dire il s'imagine qu'il va se précipiter.
7. La construction est : Son âme joint à cette idée horrible (l'idée de la mort) les déchirements de l'adieu, etc.

Joint les déchirements de cet adieu pénible
Que la nature[1] envoie, avec de longs regrets,
A des objets chéris et perdus pour jamais[2].
[3] En vain en l'attendant sa femme prévoyante
Prépare du sarment[4] la flamme pétillante,
Et de chauds vêtements, et son sobre festin ;
Par ses touchants regrets[4] le rappelant en vain,
De ses enfants chéris[4] la troupe aimable pleure ;
En vain, d'un air timide entr'ouvrant leur demeure[5],
Ils avancent la tête, et, le cherchant de l'œil,
De frayeur et de froid frissonnent sur le seuil :
Sa femme, et ses enfants, sa cabane chérie,
Il ne les verra plus !... aux sources de la vie[4]
Déjà du froid mortel[4] le poison s'est glissé[6] ;...
Tous ses nerfs sont roidis, tout son sang s'est glacé ;
Le malheureux expire, et le vent qui l'assiége
Ne bat plus qu'un cadavre étendu sur la neige.

Vous donc, soyez bénis, animaux courageux
Que nourrit Saint-Bernard sur son front orageux[7] ;

1. Cet adieu que la nature envoie, c'est-à-dire cet adieu que naturellement l'homme mourant adresse aux personnes qu'il aimait et dont il va être séparé.

2. *Pour jamais.* Dans cette vie. L'espoir d'une réunion dans une autre vie ne saurait abandonner le mourant, quoique le poëte, trop préoccupé des souffrances de cet infortuné, ait oublié de parler des sentiments de religion qui, dans ce moment terrible, ont dû contribuer à sa consolation.

3. Ce tableau de la femme et des enfants qui attendent avec anxiété est admirable ; il semble qu'on voit les pauvres enfants qui regardent à travers la neige ; ce vers surtout, *De frayeur et de froid frissonnent sur le seuil*, forme un tableau émouvant.

4. Inversion.

5. Entr'ouvrant la porte de la cabane.

6. La construction est : Le poison d'un froid mortel s'est glissé aux sources de la vie ; *poison* est ici un terme poétique.

7. Animaux qui vivez sur le sommet orageux du mont Saint-Bernard. Cette montagne est un des passages les plus fréquentés pour aller en Italie, à 3478 mètres au-dessus du niveau de la mer. Relativement au mont Saint-Bernard, aux religieux qui l'habitent et à leurs chiens, voir le *Livre de morale pratique*, par M. Barrau, p. 445.

Vous qui, sous les frimas qu'un long hiver entasse,
Des voyageurs perdus [1] courez chercher la trace !
L'homme accourt à vos cris ; il enlève ces corps
Dont le froid homicide engourdit les ressorts :
[2] Il se ranime, il prend une chaleur nouvelle ;
Le rayon de la vie en ses yeux [1] étincelle,
Et l'art [3] vient redonner, par ses soins triomphants,
Un époux à sa femme, un père à ses enfants.
Ainsi de tous les cœurs [1] quand la pitié s'exile,
Sur ces monts désolés [1] elle trouve un asile [4] ;
Dans ces chiens généreux l'homme admire ses mœurs [5],
Et l'écho des déserts se plaît à leurs clameurs [6].

DELILLE.

LVII

LE MOMENT DE L'ÉLÉVATION PENDANT LE SAINT SACRIFICE DE LA MESSE.

Quel spectacle imposant nous offre le saint lieu !
Ce peuple tout entier prosterné devant Dieu ;
Ce temple dont la mousse a couvert les portiques [7] ;
Ses vieux murs, son jour sombre et ses vitraux gothi-
Cette lampe d'airain, qui, dans l'antiquité,   [ques ;
Symbole du soleil et de l'éternité [8],.

1. Inversion.

2. *Il*, c'est-à-dire le voyageur que les chiens viennent de sauver : il y a là une légère incorrection grammaticale.

3. L'art, c'est-à-dire le talent et les soins des dignes religieux du couvent.

4. C'est-à-dire : dans ce siècle où les sentiments humains et généreux sont rares, on les retrouve sur ces montagnes.

5. L'homme admire dans ces chiens des habitudes généreuses dignes de lui-même.

6. On aime à entendre leurs aboiements dans ces déserts.

7. Ce temple, dont les portiques sont couverts de mousse : c'est-à-dire cette église antique.

8. Cette lampe qui était dans les temps anciens le symbole du soleil et de l'éternité, parce qu'elle ne s'éteint jamais.

Luit devant le Très-Haut, nuit et jour suspendue;
La majesté d'un Dieu parmi nous descendue;
Les pleurs, les vœux, l'encens qui monte vers l'autel,
Et de jeunes enfants qui, sous l'œil maternel,
Adoucissent encor par leur voix innocente [1]
De la religion [2] la pompe attendrissante;
Cet orgue qui se tait [3]; ce silence pieux;
L'invisible union de la terre et des cieux :
Tout enflamme, agrandit, émeut l'homme sensible :
Il croit avoir franchi ce monde inaccessible,
Où sur des harpes d'or [4] l'immortel séraphin
Aux pieds de Jéhovah [5] chante l'hymne sans fin.

FONTANES.

LVIII

LA MANIE DU MOI.

Voyez ce mortel orgueilleux,
De la société [6] tyran impérieux !
Devant lui sans cesse en extase [7],
A tout propos, dans chaque phrase,
Le *moi* [8] régnant, le moi vainqueur,
Est dans sa bouche ainsi que dans son cœur
Il n'est point de sujet, il n'est point de matière

---

1. *Par leur voix innocente*, c'est-à-dire en chantant des hymnes en l'honneur du saint sacrement de l'autel.
2. Inversion.
3. Au moment de l'Élévation.
4. La construction est : Où l'immortel séraphin aux pieds de Jéhovah chante sur des harpes d'or l'hymne sans fin.
5. C'est un des noms donnés à Dieu dans la langue hébraïque.
6. Tyran de la société, c'est-à-dire tyrannisant ceux qui se trouvent avec lui en société.
7. En extase devant lui, c'est-à-dire s'admirant sans cesse lui-même avec enthousiasme.
8. Il dit toujours *je*, *moi*, parce que toujours il parle aux autres de sa propre personne et de ses affaires.

Quelque étranger qu'il soit, où de quelque manière
Le *moi* ne reparaisse[1] avec tout son ennui[2];
Il compare, il rapporte, amène tout à lui.
    Les grands seigneurs, les subalternes,
    Les républiques et les rois,
Les grands et les petits, les nobles, les bourgeois,
    Les auteurs anciens et modernes,
    Pour peu qu'il fasse quelque effort
    Pour en rapprocher la distance,
Ont toujours avec lui[3] quelque léger rapport,
    Ou du moins quelque différence[4].
    Pour nous entretenir de soi,
    Heureux, quand il trouve un prétexte[5]!
C'est son premier besoin, c'est sa suprême loi;
    Chaque mot lui fournit un texte,
    Où son orgueil fait revenir le *moi*.
    Le *moi* le suit sur la terre et sur l'onde;
    Le *moi* partout rencontre un point d'appui;
    Le *moi* de lui[3] fait le centre du monde;
    Mais il en fait le tourment et l'ennui.

DELILLE.

LIX

LE VALLON.

Délicieux abri, vallon tranquille et sombre,
Qu'habitent le travail, la paix et le bonheur,

1. De quelque sujet que l'on cause, il trouve le moyen de parler de lui-même.
2. Avec tout l'ennui que cause aux autres le *moi*, c'est-à-dire cette manie qu'il a de parler de lui-même.
3. Inversion.
4. Il trouve que tous les gens dont on parle ont avec lui quelque rapport ou quelque différence, ce qui lui donne occasion de parler de lui-même.
5. Il est heureux quand il trouve un prétexte pour nous entretenir de lui-même.

Que j'aime à respirer ce reste de fraîcheur,
A l'ardeur des étés[1] échappé sous ton ombre !
Le zéphyre se plaît[2] dans tes longs peupliers ;
Ces monts, où deux forêts balancent leur verdure,
Environnent ton sein d'une double ceinture.
Courbez-vous sur mon front, rameaux hospitaliers ;
Source fraîche où ma main recueille une onde pure,
Reviens par cent détours aux bords que tu chéris ;
Poursuis, que ton murmure, en charmant mes oreilles,
Se mêle au bruit léger de cet essaim d'abeilles
Qui vole en bourdonnant sur les buissons fleuris.
Des chênes ébranlés[1] mutilant les racines,
Puissent les noirs torrents, dont le cours inégal
Dans un lit de gravier gronde au pied des collines[3],
Ne jamais obscurcir ton paisible cristal[4] !
Que ne puis-je habiter au milieu de ces plaines !
Je veux que leur enceinte enferme mes désirs[5],
Que mon travail soit libre, ainsi que mes loisirs ;
J'y veux couler en paix des jours exempts de peine.
Quand l'ardent Sirius[6] blanchit l'azur des cieux,
Quel bonheur de fouler des herbes verdoyantes ;
Ou dans les nuits d'hiver, quand un vent pluvieux
Vient battre à coups pressés les vitres frémissantes,
De rêver à ce bruit qui vous ferme les yeux[7] !
Voilà mes seuls désirs : puissent-ils plaire aux cieux !

1. Inversion.

2. Aime à souffler, souffle souvent.

3. La construction est : Puissent les noirs torrents qui mutilent les racines des chênes ébranlés et dont le cours gronde au pied des collines dans un lit de gravier, etc. Le *cours gronde* ne se dirait pas en prose.

4. Ton eau paisible, claire comme le cristal.

5. Je ne désirerais rien au delà.

6. Sirius est une très-belle étoile qui fait partie de la constellation du grand Chien. Le soleil, au mois de juin, se rapproche de cette constellation, c'est pourquoi les poëtes anciens employaient ce nom pour désigner l'été. Cette autre expression : Blanchit l'azur des cieux, signifie que, dans les ardeurs de l'été, le ciel paraît incandescent.

7. Qui vous invite au sommeil.

O vallon fortuné ! paisibles promenades !
Tout ce faste imposant que Paris va m'offrir,
Ces palais, ces jardins et leurs tristes Naïades[1],
Du besoin de vous voir ne me sauraient guérir[2];
Entre vos monts altiers[3], au bruit de vos cascades,
Que ne m'est-il donné de vivre et de mourir !

Casimir DELAVIGNE.

LX

LA JEUNE FILLE MALADE ET SA MÈRE.

[Une jeune fille malade est abandonnée des médecins, qui
ont perdu tout espoir ; elle a reçu les derniers sacrements. Sa
mère, restée seule auprès d'elle, espère encore, lui prodigue
ses soins et prie avec ferveur. Le mieux se déclare ; la jeune
fille est sauvée.

Tel est le sujet simple et touchant, traité avec autant de sen-
sibilité que d'élégance dans cette pièce de vers.]

L'huile sainte a touché les pieds de la mourante[4],
    L'arrêt fatal[5] est prononcé :
L'art n'a point de secours pour cette âme souffrante[6];
    Le monde pour elle a cessé[7].

1. Les Naïades, dans le style poétique, sont des nymphes qui
président aux eaux. Le poëte veut parler ici des fontaines et
des jets d'eau qu'on voit à Paris.
2. Ne sauraient me guérir du besoin de vous voir, c'est-à-dire
ne sauraient calmer le désir que j'ai de vous revoir, désir qui
est comme un besoin pour moi, et qui en quelque sorte me
rend malade.
3. Élevés.
4. L'extrême-onction.
5. L'arrêt des médecins.
6. La médecine ne peut plus rien pour elle. Le mot *âme* n'est
pas ici heureusement choisi.
7. Inversion. A cessé pour elle.

Tout s'éloigne[1], tout fuit; hélas! l'amitié même
   A l'effroi des derniers adieux
   Se dérobe en baissant les yeux[2].
Intrépide[3] témoin de ce moment suprême,
La mère est seule enfin[4] près de l'enfant qu'elle aime.
Elle s'enferme alors sous ses obscurs rideaux,
Écarte loin du lit les funèbres flambeaux[5],
   Et, d'un œil que la foi rassure[6],
Regarde sans pâlir le crucifix de bois
Que la vierge chrétienne a saisi de ses doigts;
Et l'eau sainte, et le buis à la sombre verdure,
Du chevet des mourants[7] douloureuse parure.
   Mais quand elle voit de plus près,
Le sinistre frisson qui parcourt tous ses traits,
Et ce front d'où découle une sueur mortelle,
Et cet œil qui s'éteint : « O mon enfant! dit-elle,
Si tu vis, je vivrai; mais si tu meurs, je meurs[8].
Déjà la tombe enferme et ton père et tes sœurs[9] :
Seules nous nous restons; toi seule es ma famille.
Et tu me quitterais, toi, mon sang, toi, ma fille!....
Non, tu vivras pour moi; Dieu voudra te guérir.
Ta mère t'aime trop, tu ne peux pas mourir.
Je ne sais quelle voix[10] me dit encore : Espère!

1. Tout le monde s'éloigne de la chambre.

2. Inversion. Les amis même de la famille, en baissant les yeux, s'éloignent, pour éviter ce qu'un dernier adieu a de terrible.

3. La mère conservait son courage.

4. Enfin. Ce mot indique que depuis longtemps la mère désirait de rester seule auprès de son enfant.

5. On avait déjà allumé des cierges auprès d'elle. On avait placé le crucifix entre les mains de la mourante.

6. Elle jette sur l'appareil funèbre un regard ferme, parce que sa foi en Dieu soutient son courage; elle espère obtenir de Dieu la vie de sa fille.

7. Inversion.

8. Ce vers si touchant n'exprime ni désespoir ni murmure contre la volonté de Dieu : il signifie que, si la fille meurt, sa mère n'aura pas la force de survivre à cette perte

9. Ton père est mort, tes sœurs aussi.

10. Une voix secrète.

Hélas! pour espérer est-il jamais trop tard[1]?
Jeune âme de ma fille, oh! suspends ton départ[2],
Et pour quitter ce monde, attends du moins ta mère! »

Ainsi la foi l'anime et l'espoir la soutient.
Mais par quels soins touchants cet espoir s'entretient[3]!
Elle courbe son front sur la jeune victime[4],
De son souffle abondant[5], la réchauffe et l'anime
Saisit sa froide main d'un tact[6] mal assuré,
Interroge le pouls dans sa marche égaré[7],
Joint le doux suc du miel au doux jus de l'orange,
Et dans sa bouche en feu[5] versant ce frais mélange,
Par un breuvage heureux[5] cherche à combattre enfin
Le brasier[8] de la fièvre allumé dans son sein.
Et déjà cependant évoquant ses ténèbres[9],
Ses larves, ses terreurs, ses spectres menaçants,
     L'agonie aux ailes funèbres
De la vierge expirante[5] égarait tous les sens,
Et l'ange du départ[10], sur ses lèvres muettes[5]
Répandait de la mort les pâles violettes[11].

1. Jusqu'au dernier moment on doit espérer.

2. Ne pars pas encore, ne quitte pas le corps que tu animes.

3. Elle lui prodigue ses soins ; elle la réchauffe de son haleine,
serre sa main entre les siennes, lui tâte le pouls, verse dans sa
bouche, avec une cuiller, du jus d'orange mêlé avec du miel.

4. Victime de la maladie.

5. Inversion.

6. Cette expression n'est pas heureuse ; le poëte veut dire
qu'en touchant les mains de la fille, celles de la mère sont mal
assurées et tremblent.

7. Le pouls de la mourante est *égaré dans sa marche ;* c'est-
à-dire il ne bat pas régulièrement ; il est tantôt lent, tantôt
précipité.

8. *Combattre le brasier* n'est pas un terme exact ; mais *le
brasier de la fièvre allumé dans son sein* est une très-belle expression.

9. L'agonie de la malade commence. L'agonie est ici personnifiée : elle a des ailes noires ; elle entoure la mourante de ténèbres ; elle évoque, c'est-à-dire elle fait apparaître à ses yeux
ses larves, c'est-à-dire ses fantômes, etc.

10. L'ange de la mort.

11. *Les pâles violettes de la mort :* le poëte désigne par là les

A ce spectacle affreux, le front humilié[1],
Pressant entre ses bras son Dieu crucifié :
« Toi seul peux la sauver, Dieu puissant, dit la mère ;
Ce n'est qu'en ton secours maintenant que j'espère.
Oui, sur ma pauvre enfant[2] j'appelle tes bontés.
Ses jours si peu nombreux sont-ils déjà comptés[3] ?
Tu vois l'affreuse lutte où se débat sa vie.
De ce calice amer[2] tu bus jusqu'à la lie[4],
Je le sais, et ta mort fut digne encor de toi.
Je n'ose à tes douleurs[2] égaler[5] ma misère ;
Mais souviens-toi[6] des maux que dût souffrir ta mère,
    Et tu prendras pitié de moi.
La fille de Jaïre à ta voix[7] fut sauvée.
Tu lui dis : Lève-toi ! la fille s'est levée[8] ;
De l'éternel sommeil[2] elle dormait pourtant[9].
La mienne au moins respire et peut-être m'entend. »
En prononçant ces mots, elle craint d'en trop dire[10],
    Et vers le lit[2] revient soudain,
S'assure qu'en effet sa fille encor respire ;

---

teintes violacées dont se couvre le visage des morts. Cette belle
expression est empruntée à Bernardin de Saint-Pierre.

1. La mère voit que tous ses soins ont été inutiles ; elle n'a
plus d'espoir qu'en ses prières ; elle prie avec ferveur ; *le front
humilié*, c'est-à-dire baissant le front vers la terre, se pro-
sternant.

2. Inversion.

3. On dit que les jours d'une personne sont *comptés*, lorsque
le terme en est fixé.

4. Agonie et passion du Sauveur.

5. Comparer.

6. Quoique Dieu n'oublie rien, il est permis de le prier de se
souvenir. *Memento, Domine* (souvenez-vous, Seigneur) est une
formule consacrée.

7. Par ta parole.

8. Jésus ressuscita la fille de Jaïre, chef de la synagogue de
Capharnaüm. Voy. l'Évangile selon saint Matthieu, chap. IX,
verset 18 ; l'Évangile selon saint Marc, chap. V, verset 21 ;
l'Évangile selon saint Luc, chap. VIII, verset 43.

9. Elle était morte ; et ma fille ne l'est pas encore.

10. Elle craint d'avoir trop dit en disant que sa fille vivait
encore.

Puis, sous les blancs rideaux qu'a soulevés sa main,
De la mère du Christ[1] apercevant l'image[2] :
« Toi qui fus mère aussi, tu conçois mes douleurs ;
D'un hymen trop fécond[1] voilà le dernier gage[3].
De ton nom[1] au berceau je dotai son jeune âge[4] ;
Je vouai son enfance à tes blanches couleurs[5].
Ce nom, ce vêtement m'étaient d'un doux présage ;
Et quand ma fille et moi, nous tenant par la main,
Nous allions à l'église invoquer ta puissance,
    Les compagnes de son enfance
    Voyant de loin par le chemin,
Et sa blanche tunique et son voile de lin,
Se disaient : « Celle-là, dans ses destins prospères,
« Aura des jours d'amour, d'innocence et de paix, »
Et moi, l'œil attaché sur ses chastes attraits,
Je me trouvais encore heureuse entre les mères. »

Ainsi disait la mère, et la nuit s'écoulait :
    Dès neuf heures, elle veillait.
Déjà l'aube naissante a rougi le nuage ;
Le jour se lève armé de feux plus éclatants.
Le jour la voit encor[6] devant la sainte image.
Longtemps elle y gémit ; elle pria longtemps.
Tandis qu'elle priait : « Ma mère.... où donc est-elle ?
Dit une faible voix[7]. Oh ! viens.... Je me rappelle
Qu'un étrange sommeil a pesé sur mes yeux !
Dieu ! quel songe à la fois triste et délicieux !
Dans mon accablement, je me sentais ravie
Loin de notre humble terre, et par delà les cieux :

1. Inversion.
2. Une image de la sainte Vierge était suspendue dans l'al-
côve ; en soulevant les rideaux du lit, la mère aperçoit cette
image.
3. C'est mon dernier enfant. J'ai eu trop d'enfants, puisque
j'ai perdu les autres.
4. Je lui ai donné le nom de Marie.
5. Je l'ai vouée au blanc en ton honneur.
6. Depuis neuf heures du soir elle veillait auprès de sa fille,
et à la naissance du jour elle priait encore.
7. La voix de la jeune fille rappelée à la vie.

C'était un autre jour ; c'était une autre vie[1].
Dans ce monde nouveau, paisible, exempt de soins,
D'étoiles et de fleurs[2] la fille couronnée
Cherchait la main pour guide et les yeux pour témoins[3].
De fronts purs et joyeux[2] j'étais environnée,
Et mon âme, pourtant, ne goûtait qu'à moitié[4]
Ce bonheur imparfait dont j'étais étonnée :
Ma mère !.... où donc est-elle? ai-je aussitôt crié,
Et les anges, en chœur, vers toi[2] m'ont ramenée. »

CAMPENON.

LXI

LES PLAISIRS DE L'ÉTUDE.

L'étude bien souvent vient charmer les hivers.
Dans la saison brumeuse où les champs sont déserts,
Où la ville elle-même et s'attriste et s'ennuie,
Lorsqu'à travers la vitre on voit la froide pluie
Tomber, tomber encore, ou de légers flocons[5]
La neige au loin blanchir le faîte des maisons,
Oh! que l'étude alors est douce et délectable[6]!
A couvert des frimas, quel charme inexprimable
De lire et de rêver tranquille en son réduit[7],
Près du feu rayonnant qui brûle à petit bruit!

1. Je rêvais que j'étais transportée dans le ciel.
2. Inversion.
3. Je cherchais ta main pour me guider, tes yeux pour être témoins de mon bonheur ; je ne les trouvais pas.
4. Je ne goûtais ce bonheur qu'à moitié, parce que tu n'étais pas auprès de moi.
5. Inversion : *La neige blanchir de flocons le toit des maisons.*
6. Mot peu usité : *agréable.*
7. En sa demeure.

Le soir, quand le silence occupe nos demeures[1],
Que seules de la nuit se répondent les heures[2],
Qu[3] 'on aime à prolonger le doux travail des jours[4]!
Le temps fuit, l'airain[5] sonne, et l'on veille toujours,
Et, dans la longue extase où se perd la pensée[6],
On ne se souvient plus de la nuit avancée[7].

Mais qui n'a pas joui des charmes du matin[8]?
De bonne heure éveillé par le timbre argentin[9],
Je me lève, avant l'aube, alors que tout sommeille,
Et ranime au foyer la cendre de la veille[10].
Il fait nuit : du matin[11] le calme et la fraîcheur
D'un plaisir inconnu[11] font palpiter mon cœur.
Dans le sommeil de tous[11] trouvant ma solitude[12].
Près du foyer brillant, doux ami[13] de l'étude,
En l'absence du bruit, des hommes et du jour,
Les livres, mieux goûtés, m'inspirent plus d'amour[14];
Ils parlent à mon âme avec plus de puissance.

1. Règne dans les maisons.
2. Que (c'est-à-dire *quand*) les diverses horloges, sonnant les heures, se répondent les unes aux autres, et que ce bruit est le seul qu'on entende.
3. Ce *que* est exclamatif. *Combien on aime !*
4. A continuer pendant la nuit une lecture commencée pendant le jour.
5. Le timbre des horloges.
6. Dans le ravissement où l'on est plongé.
7. On ne pense pas combien la nuit est avancée.
8. Quel est celui qui n'a pas joui de ce plaisir le matin, avant le jour?
9. C'est ce qu'on appelle un *réveil;* on le monte pour l'heure à laquelle on veut cesser de dormir; on le place au pied de son lit, et, à l'heure marquée, la sonnerie se fait entendre.
10. C'est-à-dire *je rallume le feu.*
11. Inversion.
12. Il y a d'autres personnes que moi dans la maison; mais elles dorment : ce qui fait que je suis seul. Cette expression n'est pas heureuse.
13. *Ami* se rapporte à *foyer.*
14. Je *goûte* mieux, je *sens* mieux ce que je lis, et la lecture me plaît davantage.

Heureux qui, dès le temps de son adolescence,
A connu cette ivresse[1], en a rempli son cœur !
Le vase qui d'abord d'une pure liqueur[2]
A rempli son argile encor vierge et nouvelle,
A son premier parfum[2] reste longtemps fidèle[3] ;
Et l'homme, dont[4] l'étude eut longtemps les amours,
De son premier penchant[2] se ressouvient toujours.

Soyez bénis cent fois, lieux[5] où notre jeune âge
Tendre et docile encore en[6] fit l'apprentissage ;
Où, dans un calme heureux, d'aimables compagnons[7],
L'un par l'autre excités[2], s'en[6] donnent des leçons ;
Où l'âme en sa fraîcheur en[6] sent partout l'empire,
Où c'est l'étude enfin qu'avec l'air on respire !
Je me rappelle encor, non sans[8] ravissement,
La classe, son travail, son silence charmant ;
Je tressaille[9] en songeant aux paisibles soirées
Sous les regards du maître, au devoir[2] consacrées,
Quand, devant le pupitre[2] en silence inclinés,
Nous n'entendions parfois, de nous-même[2] étonnés[10],
Que, d'instant en instant, quelques pages froissées,
Ou l'insensible bruit des plumes empressées,
Qui toutes à l'envi courant sur le papier,
De[11] leur léger murmure[2] enchantaient l'écolier.
O jeunesse ! ô plaisirs ! jours passés comme un songe !

1. Ce plaisir.
2. Inversion.
3. Le vase tout neuf et n'ayant pas encore servi (*dont l'argile est vierge et nouvelle*), et dans lequel on verse un liquide pur et ayant une bonne odeur, conserve ensuite très-longtemps le goût de ce liquide (*reste fidèle à son premier parfum*) : de même, un esprit encore jeune, qui se nourrit de bonnes lectures, en conservera longtemps les résultats.
4. *Dont* est régi par *amours*. L'homme qui a aimé l'étude.
5. Le collége, l'école.
6. *En*, c'est-à-dire *de l'amour de l'étude*.
7. Des condisciples, des enfants qui étudient ensemble.
8. *Non sans*, c'est-à-dire *avec*.
9. Je suis vivement ému.
10. Étonnés de nous voir si appliqués à l'étude.
11. Par.

Du moins, ces temps heureux, l'étude les prolonge.
Elle laisse à nos cœurs cette première paix
Que les autres plaisirs ne prolongent jamais.
Celui qui dans l'étude[1] a mis sa jouissance
Garde sa pureté, ses mœurs, son innocence;
Le miroir de sa vie est riant à ses yeux;
Les jours ne sont pour lui que des moments heureux.

P. LEBRUN.

LXII

LE PETIT SAVOYARD.

POÊME.

[Ce petit poëme est divisé en trois chants, c'est-à-dire en trois parties.

Dans la première, on raconte le départ d'un petit enfant de la Savoie pour la France; dans la seconde, un épisode de son séjour à Paris; dans la troisième, son retour auprès de sa mère.]

CHANT PREMIER.

LE DÉPART.

« Pauvre petit[2]! pars pour la France.
Que te sert mon amour? je ne possède rien.
On vit heureux ailleurs; ici, dans la souffrance.
Pars, mon enfant; c'est pour ton bien.
Tant que mon lait put te suffire,
Tant qu'un travail utile à mes bras fut permis[3],

1. Inversion.
2. Ce sont les paroles d'une pauvre veuve à son petit garçon.
3. Fut permis à mes bras, *inversion.* Tant que j'ai pu travailler utilement.

Heureuse et délassée en te voyant sourire[1],
    Jamais on n'eût osé me dire :
    Renonce aux baisers de ton fils[2].
Mais je suis veuve; on perd sa force avec sa joie[3].
    Triste et malade, où recourir ici?
Où mendier pour toi? chez des pauvres aussi[4]!...
Laisse ta pauvre mère, enfant de la Savoie;
    Va, mon enfant, où Dieu t'envoie.
Mais, si loin que tu sois, pense au foyer absent[5];
Avant de le quitter, viens, qu'il nous réunisse[6].
Une mère bénit son fils en l'embrassant :
    Mon fils, qu'un baiser te bénisse[7].
    Vois-tu ce grand chêne là-bas?
Je pourrai jusque-là t'accompagner[8], j'espère.
Quatre ans déjà passés[9], j'y conduisis ton père;
    Mais lui, mon fils, ne revint pas!...
Encor, s'il était là pour guider ton enfance,
Il m'en coûterait moins de l'éloigner de moi;
Mais tu n'as pas dix ans et tu pars sans défense...
    Que je vais prier Dieu pour toi!
Que feras-tu, mon fils, si Dieu ne te seconde?
Seul parmi les méchants (car il en est au monde),
Sans ta mère, du moins, pour t'apprendre à souffrir...
Oh! que n'ai-je du pain, mon fils, pour te nourrir!
Mais Dieu le veut ainsi; nous devons nous soumettre!
    Ne pleure pas en me quittant;

---

1. J'étais heureuse de te voir, et l'aspect de ton sourire me délassait : *heureuse*, etc.; *on n'eût jamais osé*, etc. : gallicisme.

2. Sépare-toi de ton fils.

3. En perdant sa joie, c'est-à-dire la cause de sa joie, celui que l'on aime, on perd sa force.

4. Les habitants de notre village sont presque aussi pauvres que moi.

5. A la demeure que tu quittes.

6. Que le foyer nous réunisse, c'est-à-dire réunissons-nous près de notre foyer.

7. Elle l'embrasse, et ce baiser est pour lui la bénédiction maternelle.

8. T'accompagner jusque-là : inversion

9. Il y a quatre ans.

Porte au seuil des palais un visage content[1].
Parfois, mon souvenir t'affligera peut-être....
Pour obtenir l'aumône, il faut chanter pourtant[2].
Chante tant que la vie est pour toi moins amère ;
Enfant, prends la marmotte et ton léger trousseau,
Répète, en cheminant, les chansons de ta mère,
Quand[3] ta mère chantait autour de ton berceau.
Si ma force première encor m'était donnée,
J'irais, te conduisant moi-même par la main ;
Mais je n'atteindrais pas la troisième journée.
Il faudrait me laisser bientôt sur ton chemin :
Et moi je veux mourir aux lieux où je suis née.
Maintenant, de ta mère[4] entends le dernier vœu :
Souviens-toi, si tu veux que Dieu ne t'abandonne[5],
Que le seul bien du pauvre est le peu qu'on lui donne
Prie[7], et demande au riche ; il donne au nom de Dieu.
Ton père le disait ; sois plus heureux : adieu. »
Mais le soleil tombait des montagnes prochaines[8],
Et la mère avait dit : « Il faut nous séparer. »
Et l'enfant s'en allait à travers les grands chênes,
Se tournant quelquefois, et n'osant pas pleurer.

1. *Palais*, ici, veut dire *belle maison*. Aie l'air content lorsque tu te présenteras à la porte des maisons riches.

2. Quelquefois, en pensant à moi, tu seras affligé ; mais il faudra néanmoins chanter.

3. Ceci n'est pas parfaitement correct. Les chansons *que chantait ta mère quand* elle chantait autour de ton berceau.

4. Inversion.

5. Ne t'abandonne pas.

6. Cela signifie qu'il doit recevoir avec reconnaissance ce qu'on lui donnera, et ne jamais rien dérober.

7. Prie Dieu.

8. Ce vers n'est pas heureux, et on ne comprend pas bien ce qu'il signifie. Il est impossible de se représenter le soleil *tombant des montagnes*. Si l'auteur avait dit *aux montagnes*, on comprendrait que le soleil s'inclinait vers les montagnes du côté du couchant, que le soir approchait ; mais peut-on supposer que la mère ait fait partir son enfant à une heure aussi avancée ?

CHANT SECOND.

PARIS.

« [1] J'ai faim : vous qui passez, daignez me secourir.
Voyez : la neige tombe, et la terre est glacée.
J'ai froid : le vent se lève, et l'heure est avancée,
    Et je n'ai rien pour me couvrir.
Tandis qu'en vos palais tout flatte votre envie[2],
A genoux sur le seuil, j'y pleure bien souvent.
Donnez : peu me suffit, je ne suis qu'un enfant ;
    Un petit sou me rend la vie.
On m'a dit qu'à Paris je trouverais du pain.
Plusieurs ont raconté, dans nos forêts lointaines,
Qu'ici le riche aidait le pauvre dans ses peines[3] ;
Eh bien, moi, je suis pauvre, et je vous tends la main ;
    Faites-moi gagner mon salaire :
Où me faut-il courir ? dites, j'y volerai.
Ma voix tremble de froid ; et bien, je chanterai,
    Si mes chansons peuvent vous plaire.
    Il ne m'écoute pas[4], il fuit ;
Il court dans une fête (et j'en entends le bruit[5])
    Finir son heureuse journée.
Et moi, je vais chercher, pour y passer la nuit,
    Quelque guérite abandonnée.

1. L'enfant se trouve à Paris au milieu de l'hiver : il souffre, il demande, et exprime ses plaintes.

2. Vous jouissez de tout ce qui excite vos désirs.

3. Cela est vrai : la charité, à Paris, est inépuisable. Malheureusement, les pauvres y viennent de tous côtés en trop grand nombre pour qu'on puisse les secourir tous.

4. Les paroles qui précèdent s'adressaient à un jeune homme qui, empressé de se rendre à une fête, n'a pas fait attention à ce que disait l'enfant.

5. La maison où la fête se donne et où le jeune homme vient d'entrer est tout près de l'endroit où l'enfant pleure et demande ; il entend le bruit de cette fête.

¹Au foyer paternel quand pourrai-je m'asseoir?
        Rendez-moi ma pauvre chaumière,
Le laitage durci qu'on partageait le soir,
Et, quand la nuit tombait, l'heure de la prière,
Qui ne s'achevait pas sans laisser quelque espoir².
Ma mère, tu m'as dit, quand j'ai fui ta demeure :
« Pars, grandis et prospère, et reviens près de moi... »
Hélas! et tout petit faudra-t-il que je meure
        Sans avoir rien gagné pour toi?
        Non, l'on ne meurt point à mon âge;
Quelque chose me dit de reprendre courage...
Eh! que sert d'espérer?... que puis-je attendre, enfin ?...»
Et, faible, sur la terre il reposait sa tête³; ◦
Et la neige, en tombant, le couvrait à demi,
Lorsqu'une douce voix, à travers la tempête,
Vint réveiller l'enfant par le froid³ endormi :
        « Qu'il vienne à nous, celui qui pleure,
Disait la voix mêlée au murmure des vents;
        L'heure du péril est notre heure :
        Les orphelins sont nos enfants. »
Et deux femmes en deuil⁴ recueillaient sa misère.
Lui, docile et confus, se levait à leur voix.
Il s'étonnait d'abord; mais il vit dans leurs doigts
Briller la croix d'argent au bout du long rosaire,
Et l'enfant les suivit en se signant deux fois.

---

1. Inversion : *Quand serai-je de retour chez nous!*
2. *Rendez-moi*, etc., c'est-à-dire que je voudrais être dans
notre chaumière : le soir, on soupait, en se partageant du lait
caillé ou du fromage; on faisait ensuite la prière, et, après
l'avoir achevée, on se sentait le cœur plein d'espérance.
3. Inversion.
4. C'est-à-dire *habillées de noir*. Ce sont deux sœurs hospi-
talières ; elles aperçoivent le pauvre enfant, et elles l'emmè-
nent pour prendre soin de lui.

CHANT TROISIÈME.

LE RETOUR.

Avec leurs grands sommets, leurs glaces éternelles,
Par un soleil d'été, que les Alpes sont belles !
Tout dans leurs frais vallons sert à nous enchanter,
La verdure, les eaux, les bois, les fleurs nouvelles.
Seul, loin dans la vallée, un bâton à la main,
Quel est ce voyageur que l'été leur envoie [1] ?
C'est un enfant [2] ; il marche, il suit le long chemin
    Qui va de France à la Savoie.
Bientôt de la colline [3] il prend l'étroit sentier :
Il a mis ce matin la bure [4] du dimanche,
    Et dans son sac de toile blanche
Est un pain de froment qu'il garde tout entier.
Pourquoi tant se hâter à sa course dernière ?
C'est que le pauvre enfant veut gravir le coteau,
Et ne point s'arrêter qu'il n'ait vu son hameau
    Et n'ait reconnu sa chaumière.
Les voilà !... tels encor qu'il les a vus toujours,
Ces grands bois, ce ruisseau qui fuit sous le feuillage.
Il ne se souvient plus qu'il a marché dix jours :
    Il est si près de son village !...
Tout joyeux, il arrive et regarde... Mais, quoi !
Personne ne l'attend ! sa chaumière est fermée !
Pourtant du toit aigu [3] sort un peu de fumée.
Et l'enfant, plein de trouble : « Ouvrez, dit-il, c'est moi. »

---

1. Quel est ce voyageur que l'été envoie aux Alpes, seul, un bâton à la main, et suivant au loin dans la vallée le chemin qui conduit de France en Savoie ? *L'été l'envoie aux Alpes,* c'est-à-dire il profite de l'été pour se rendre dans des montagnes.

2. C'est l'enfant dont il a été question dans les deux premiers chants. Il a près de quinze ans. Il est parvenu à économiser une petite somme, et il l'apporte à sa mère.

3. Inversion.

4. *Bure,* étoffe grossière de laine. Il a mis ses habits du dimanche.

La porte cède; il entre, et sa mère attendrie,
Sa mère, qu'un long mal près du foyer[1] retient,
Se relève à moitié, tend les bras et s'écrie :
      « N'est-ce pas mon fils qui revient? »
Son fils est dans ses bras, qui pleure et qui l'appelle.
« Je suis infirme, hélas! Dieu m'afflige, dit-elle,
Et depuis quelques jours je te l'ai fait savoir;
Car je ne voulais pas mourir sans te revoir. »
Mais lui : « De votre enfant[1] vous étiez éloignée;
Le voilà qui revient : ayez des jours contents.
Vivez : je suis grandi, vous serez bien soignée;
      Nous sommes riches pour longtemps. »
Et les mains de l'enfant, des siennes[1] détachées,
Jetaient sur ses genoux tout ce qu'il possédait :
Les six pièces d'argent[2] dans sa veste[1] cachées,
Et le pain de froment que pour elle[1] il gardait.
Sa mère l'embrassait et respirait à peine,
Et son œil se fixait, de larmes[1] obscurci,
      Sur un grand crucifix de chêne
Suspendu devant elle et par le temps[1] noirci.
« C'est lui, je le savais, le Dieu des pauvres mères
Et des petits enfants, qui du mien[1] a pris soin;
Lui qui me consolait quand mes plaintes amères
      Appelaient mon fils de si loin.
C'est le Christ du foyer que les mères implorent,
Qui sauve nos enfants du froid et de la faim.
Nous gardons nos agneaux, et les loups les dévorent;
Nos fils s'en vont tout seuls et reviennent enfin[3].
Toi, mon fils, maintenant me seras-tu fidèle[4]?
Ta pauvre mère infirme a besoin de secours;
Elle mourrait sans toi. » L'enfant, à ce discours,

1. Inversion.

2. Six pièces de 5 francs; c'est beaucoup pour ce pays-là,
et l'enfant avait eu bien de la peine pour les amasser sou
à sou.

3. C'est nous qui gardons nos agneaux; mais c'est Dieu qui
garde nos enfants.

4. Resteras-tu auprès de moi?

Grave et joignant ses mains, tombe à genoux près d'elle,
Disant : « Que le bon Dieu vous fasse de longs jours[1] ! »

GUIRAUD.

LXIII

TOBIE.

POÈME TIRÉ DE L'ÉCRITURE SAINTE.

O vous, qui de cet âge[2] où l'on sort de l'enfance[3]
Conservez seulement la grâce et l'innocence,
Dont le précoce esprit, empressé de savoir,
Croit gagner un plaisir s'il apprend un devoir,
De Tobie[2] écoutez l'antique et sainte histoire!
Dans ce simple récit, point d'amour, point de gloire[4] :
C'est un juste, un bon père, un cœur pur, bienfaisant,
Qui n'aime que son Dieu, les humains, son enfant.
Ah! ces vertus pour vous ne sont point étrangères;
Lisez, lisez Tobie à côté de vos mères.

A Ninive autrefois, quand les tribus[5] en pleurs
Expiaient dans les fers leurs coupables erreurs,
Il fut un juste encore : il avait nom Tobie.
Consacrant à son Dieu chaque instant de sa vie,
Vieillard, malheureux, pauvre, il n'en donnait pas moins
Aux pauvres[2] des secours, aux malheureux[2] des soins.
A travers les dangers, par des routes secrètes,

---

1. Il ne s'éloignera plus maintenant; il a la force de travailler, et il gagnera par le travail le pain de sa mère et le sien.
2. Inversion.
3. C'est-à-dire *de la première enfance.* Cela s'adresse aux élèves déjà un peu avancés. On leur dit qu'ils ont conservé *seulement* l'innocence du premier âge, parce qu'ils n'en ont plus ni l'ignorance ni l'irréflexion.
4. Point d'amour profane, point de vaine gloire.
5. Les tribus d'Israël emmenées en captivité.

De ses frères captifs[1] parcourant les retraites,
Il consolait la veuve, adoptait l'orphelin :
Le cri d'un opprimé réglait seul son chemin[2],
Et lorsque ses amis, effrayés de son zèle,
Lui présageaient du roi[1] la vengeance cruelle :
« Je crains Dieu, disait-il, encor plus que le roi,
Et les infortunés me sont plus chers que moi. »

Un jour, après avoir, pendant la nuit obscure,
A des morts délaissés[1] donné la sépulture,
De travail[1] épuisé, de fatigue[1] abattu,
Sa force ne pouvant suffire à sa vertu,
Le vieillard lentement au pied d'un mur[1] se traîne.
Il dormait, quand l'oiseau que le printemps ramène[3],
Du nid qu'il a construit au-dessus de ce mur,
Fait tomber sur ses yeux un excrément impur :
A Tobie[1] aussitôt la lumière est ravie[4].
Sans se plaindre, adorant la main qui le châtie :
« O Dieu, s'écria-t-il, tu daignes m'éprouver !
Je n'en murmure point, tu frappes pour sauver ;
Mes yeux, mes tristes yeux, privés de la lumière,
Ne pourront plus au ciel[1] précéder ma prière ;
Vers le pauvre[1] avec peine, hélas ! j'arriverai ;
Je ne le verrai plus, mais je le bénirai. »

Ses amis cependant, sa famille, sa femme,
Loin d'émousser les traits qui déchiraient son âme,
De porter sur ses maux le baume précieux
De la compassion, seul bien des malheureux,
Viennent lui reprocher jusqu'à sa bienfaisance :
« Où donc, lui disent-ils, est cette récompense
Qu'aux vertus, à l'aumône, accorde le Seigneur ? »
Le vieillard ne répond qu'en leur montrant son cœur.
Mais ce cœur, accablé de ces cruels reproches,
Fort contre le malheur, faible contre ses proches,

1. Inversion.
2. Il allait partout où un opprimé l'appelait.
3. L'hirondelle.
4. Il devient aveugle.

Désire le trépas, et le demande au ciel :
Sa prière monta jusques à l'Éternel :
L'ange du Dieu vivant descendit sur la terre.

Le vieillard, se croyant au bout de sa carrière,
Fait appeler son fils, son fils qui, jeune encor,
De l'aimable innocence[1] a gardé le trésor,
Comme un autre Joseph nourri dans l'esclavage,
Et semblable à Joseph de mœurs et de visage,
Possédant sa beauté, sa grâce et sa pudeur;
Tobie, en l'embrassant, lui dit avec douceur :
« Mon fils, la mort dans peu va te ravir ton père :
De ton respect[1] pour moi fais hériter ta mère;
Celle qui t'a nourri, qui t'a donné le jour,
Pour de si grands bienfaits ne veut qu'un peu d'amour :
Quel plaisir est plus doux qu'un devoir de tendresse?
Honore le Seigneur, marche dans sa sagesse;
Que surtout l'indigent trouve en toi son appui;
Partage tes habits et ton pain avec lui;
Reçois entre les bras l'orphelin qui t'implore;
Riche, donne beaucoup, et pauvre, donne encore :
Ce précepte, mon fils, contient toute la loi.
Je dois en ce moment confier à ta foi
Qu'à Gabélus[1] jadis, sur sa simple promesse,
Je laissai dix talents[2], mon unique richesse :
Va toi-même à Ragès[3] pour les redemander.
Vers ce lointain pays[1] quelqu'un peut te guider;
Cherche dans nos tribus un conducteur fidèle
Dont nous reconnaîtrons et la peine et le zèle. »

Il dit. Son fils le quitte et court vers sa tribu.
Devant lui se présente un jeune homme inconnu,
Dont la taille, les traits, la grâce plus qu'humaine
Dès le premier abord et l'attire et l'enchaîne;
Ses yeux doux et brillants, sa touchante beauté,

---

1. Inversion.
2. Un talent est une somme d'environ cinq mille francs.
3. Ville de Médie.

Son front où la noblesse est jointe à la bonté,
Tout plaît, tout charme en lui par un pouvoir suprême.

C'était l'ange du ciel envoyé par Dieu même,
Qui venait de Tobie[1] assurer le bonheur.

L'ange s'offre à servir de guide au voyageur :
Il le suit chez son père, et le vieillard en larmes
Ne lui déguise point ses soupçons, ses alarmes ;
Longtemps il l'interroge ; et lui tendant les bras :
« De mes craintes[1], dit-il, ne vous offensez pas ;
Vieux, souffrant, et privé de la clarté céleste,
Mon enfant, de la vie[2], est tout ce qui me reste :
La frayeur est permise à qui n'a plus qu'un bien.
De mon dernier trésor je vous fais le gardien.
Ah ! vous me le rendrez ; mon âme satisfaite
Éprouve en vous parlant une douceur secrète ;
Je ne sais quelle voix me dit au fond du cœur
Que vous serez conduit par l'ange du Seigneur.
O mon fils ! pour adieu reçois ce doux présage. »
Le jeune homme l'embrasse et s'apprête au voyage :
Il presse, en gémissant, sa mère sur son sein.
Bientôt, guidé par l'ange, il se met en chemin ;
Mais trois fois il s'arrête et trois fois renouvelle
Ses adieux et ses cris ; alors le chien fidèle,
Seul ami demeuré dans la triste maison,
Court et du voyageur[1] devient le compagnon.

Ils marchent tout le jour dans ces plaines fécondes
Où le Tigre en courroux précipite ses ondes.
Arrêté sur ses bords pour prendre du repos,
Tobie, en se lavant dans ses rapides eaux,
Découvre un monstre affreux dont la gueule béante
Lui fait jeter un cri d'horreur et d'épouvante.
L'ange accourt : « Saisissez, lui dit-il, sans frémir,
Ce monstre qu'à vos pieds vous allez voir mourir.

1. Inversion.
2. Il y a ici une inversion facile à comprendre. Mon fils est
tout ce qui reste *à moi*, vieux, souffrant ; il est tout ce qui *me*
reste de la vie ; c'est-à-dire je ne tiens plus à la vie que par lui.

Prenez son fiel sanglant, il vous est nécessaire;
Le temps vous apprendra ce qu'il en faudra faire. »
Le jeune Hébreu, surpris, obéit à l'instant :
Il partage le corps du monstre palpitant,
Et réserve le fiel; sur une flamme pure
Le reste préparé[1] devient sa nourriture.

Cependant de Ragès[2], au bout de quelques jours,
Les voyageurs charmés aperçoivent les tours.
L'ange, avant d'arriver aux portes de la ville :
De Gabélus[2], dit-il, ne cherchons point l'asile;
Dès longtemps Gabélus a quitté ces climats.
Chez un autre que lui[2] je vais guider vos pas;
Le riche Raguel[3], neveu de votre père,
A pour fille Sara, son unique héritière.
Son plus proche parent doit seul la posséder
La loi[4] l'ordonne ainsi, venez la demander.
Votre cœur aux vertus[2] fut formé dès l'enfance,
Et celui de Sara respire l'innocence;
Mon frère! cet hymen sera béni du ciel. »

En prononçant ces mots ils sont chez Raguel.
Tous deux, les yeux baissés, demandent à l'entrée
Cette hospitalité des Hébreux[2] révérée.
Raguel, à leur voix empressé d'accourir,
Rend grâce aux voyageurs qui l'ont daigné choisir :
Mais, fixant sur l'un d'eux une vue attentive,
Il reconnaît les traits du vieillard de Ninive;
Quelques pleurs aussitôt s'échappent de ses yeux.
« Seriez-vous, leur dit-il, du nombre des Hébreux
Que le vainqueur retient dans les champs d'Assyrie?
— Oui, répond l'ange. — Ainsi vous connaissez Tobie?
— Qui de nous a souffert et ne le connaît pas?
— Ah! parlez : avons-nous à pleurer son trépas?

---

1. C'est-à-dire : le reste préparé sur une flamme, etc.
2. Inversion.
3. Ce mot forme trois syllabes.
4. Chez les Israélites, la loi voulait qu'une héritière épousât
un de ses proches parents, afin que le bien ne sortît pas de la
famille.

Ou le Seigneur, touché de nos longues misères,
L'a-t-il laissé vivant pour exemple à nos frères?
— Il respire, dit l'ange, et vous voyez son fils.
— O jour trois fois heureux! Enfant que je bénis,
Viens, accours dans mon sein; que Raguel embrasse
Le digne rejeton d'une si sainte race!
Ton père soixante ans fut notre unique appui;
Viens jouir, ô mon fils, de notre amour pour lui. »

Il appelle aussitôt son épouse et sa fille,
Annonce son bonheur à toute sa famille,
Et veut que d'un bélier[1] immolé par sa main
Aux hôtes[1] qu'il reçoit on prépare un festin.

On obéit. Tobie, assis près de son guide,
Sur la belle Sara[1] porte un regard timide :
Il rencontre ses yeux : aussitôt la pudeur
Couvre son jeune front[2] d'une aimable rougeur.
Il s'enhardit pourtant; et d'une voix émue :
« O Raguel! dit-il, notre loi t'est connue;
Tu sais qu'elle prescrit des nœuds encor plus doux
Aux liens que le sang a formés entre nous;
Je réclame la loi, je suis de ta famille :
Au fils[1] de ton ami daigne accorder ta fille.
Mes seuls titres, hélas! pour obtenir sa foi,
Sont le nom de mon père et mon respect pour toi!
— Accorde-lui ta fille, et sois son second père, »
Dit l'ange. Raguel accède à leur prière.
Il unit les époux au nom de l'Éternel;
Les bénit en pleurant, les recommande au ciel.

Les deux jeunes époux, le front dans la poussière,
Élèvent vers le ciel leur touchante prière:
« Dieu puissant, disent-ils, qui daignas de tes mains
Former une compagne au premier des humains,
Afin de consoler sa prochaine misère

1. Inversion.
2. Le front de Sara.

Par le doux nom d'époux et par celui de père,
Nous ne prétendons point à ce bonheur parfait
Qui pour le cœur[1] de l'homme, hélas! ne fut point fait!
Mais donne-nous l'amour des devoirs qu'il faut suivre,
La vertu pour souffrir, la tendresse pour vivre,
Des héritiers nombreux dignes de te chérir,
Et des jours innocents passés à te servir. »

Raguel, son épouse, à Dieu[1] rendent hommage :
Ils ornent leur maison de fleurs et de feuillage,
Font ruisseler le sang des taureaux immolés,
Et retiennent dix jours leurs amis rassemblés.

L'ange, pendant ce temps, au fond de la Médie,
Allait redemander le dépôt de Tobie.
Gabélus le lui rend; et l'ange de retour,
Au milieu des plaisirs, de l'hymen, de l'amour,
Retrouve son ami pensif et solitaire,
Soupirant en secret de l'absence d'un père.
« Partons, lui dit Tobie, ô mon cher bienfaiteur!
Être heureux loin de lui pèse trop sur mon cœur.
Parmi tant de festins, au sein de l'opulence,
Je ne vois que mon père en proie à l'indigence :
Hâtons-nous, hâtons-nous d'aller le secourir;
Obtiens de Raguel qu'il nous laisse partir.
Il est père; aisément son âme doit comprendre
Ce qu'un fils doit d'amour au père le plus tendre. »

Il dit. L'ange aussitôt va trouver Raguel;
Il le fait consentir à ce départ cruel.
Le malheureux vieillard les conjure, les presse
De revenir un jour consoler sa vieillesse :
Tobie en fait serment; et bientôt les chameaux,
Les esclaves nombreux, les mugissants troupeaux,
Qui de la jeune épouse[1] ont été le partage,
Vers la terre d'Assur[1] commencent leur voyage.
L'ange, présent partout, guide les conducteurs.
Sara, le front voilé, cachant ainsi ses pleurs,

1. Inversion.

Assise sur le dos d'un puissant dromadaire,
Soupire et tend de loin ses deux bras à sa mère ;
Son époux la soutient sur son sein palpitant,
Et le fidèle chien marche en les précédant.

Hélas ! il était temps que le jeune Tobie
A son malheureux père[1] allât rendre la vie.
Depuis qu'il est parti, ce vieillard désolé,
Comptant de son retour[1] le moment écoulé,
Se traînait chaque jour aux portes de Ninive.
Son épouse guidait sa démarche tardive.
Le vieillard restait seul, assis sur le chemin ;
Vers chaque voyageur[1] il étendait la main :
Le voyageur passait ; et Tobie en silence,
Pour la reperdre encore, attendait l'espérance.
Sa femme, gravissant sur les monts d'alentour,
Cherchait au loin des yeux l'objet de son amour,
Pleurait de ne point voir cet enfant qu'elle adore,
Et suspendait ses pleurs pour le chercher encore.

Mais ce fils approchait ; accusant ses lenteurs,
Il laisse ses troupeaux aux soins de leurs pasteurs,
Les précède avec l'ange ; et sa mère attentive
L'aperçoit tout à coup accourant vers Ninive.
Elle vole aussitôt, craint d'arriver trop tard ;
Mais le chien, plus prompt qu'elle, est auprès du vieillard ;
Il reconnaît son maître, il jappe, il le caresse,
Exprime par ses cris sa joie et sa tendresse.
Le malheureux aveugle, à ces cris qu'il entend,
Juge que c'est son fils que le Seigneur lui rend :
Il se lève, et d'un pas chancelant et rapide,
Marchant les bras ouverts, sans soutien et sans guide :
« O mon fils ! criait-il, c'est toi, c'est toi.... » Soudain
Le jeune homme, en pleurant, s'élance dans son sein.
Le vieillard le reçoit, et le serre, et le presse,
D'un long embrassement[1] il savoure l'ivresse ;
Au défaut de ses yeux, sa paternelle main
S'assure d'un bonheur qu'il croit trop peu certain.

1. Inversion.

La mère arrive alors, palpitante, éperdue,
Réclamant à grands cris une si chère vue ;
Les larmes du bonheur coulent de tous les yeux ;
Et l'ange, en les voyant, se croit encore aux cieux.

Après ces doux transports, l'ange dit à son frère [1]
De toucher du vieillard [2] la tremblante paupière
Avec le fiel du monstre [3] immolé par ses mains.
Le jeune homme obéit à ces ordres divins,
Et Tobie aussitôt voit la clarté céleste.
« Gloire à toi, cria-t-il, Dieu puissant que j'atteste !
J'avais péché longtemps, et longtemps je souffris :
Mais je revois enfin et le ciel et mon fils !
O mon Dieu ! je rends grâce à ta bonté propice :
Oui, ta miséricorde a passé la justice. »

Il dit ; et de Sara [2] les serviteurs nombreux,
Les troupeaux, les trésors viennent frapper ses yeux.
La modeste Sara descend, lui fait hommage
De ces biens devenus désormais son partage,
Lui demande à genoux d'aimer et de bénir
L'épouse qu'à son fils [1] le ciel voulut unir.
Le vieillard étonné la relève, l'embrasse ;
Il admire ses traits, sa jeunesse, sa grâce,
Et, s'appuyant sur elle, écoute le récit
De ce qu'a fait son Dieu pour l'enfant qu'il chérit.
« Mais, ajoute ce fils, vous voyez dans mon frère [4]
Mon soutien, mon sauveur, mon ange tutélaire,
Il a guidé mes pas ; il défendit mes jours ;
C'est de lui que je tiens l'objet de mes amours ;
Lui seul vous fait revoir la céleste lumière ;
Il m'a donné ma femme et m'a rendu mon père :
Hélas ! que peut pour lui notre vive amitié ?
Des trésors de Sara [2] donnons-lui la moitié :
Qu'en recevant ce don sa bonté nous honore ;
S'il daigne l'accepter, il nous oblige encore. »

1. A son ami, c'est-à-dire au jeune Tobie.
2. Inversion.
3. De l'énorme poisson.
4. Dans le jeune homme qui m'accompagne.

Aux pieds de l'ange alors, le père avec le fils,
Rougissant tous les deux d'ofrir ce faible prix,
Le pressent de choisir dans toute leur richesse.
L'ange, les regardant, sourit avec tendresse :
« Ne vous offensez pas, dit-il, de mes refus ;
Gardez, gardez vos biens et surtout vos vertus ;
Elles vous ont valu le secours de Dieu même.
Je suis l'ange envoyé par ce Dieu qui vous aime :
Il voulut acquitter ces bienfaits si nombreux[1]
Répandus, prodigués à tant de malheureux.
Vos aumônes, vos dons, ô vieillard charitable,
Tout, jusqu'au simple vœu d'aider un misérable,
Fut écrit dans le ciel ; Dieu conserve en ses mains,
Comme un dépôt sacré, le bien fait aux humains.
Il vous rend ces trésors, mais pour le même usage ;
Au pauvre, à l'indigent[2] faites-en le partage ;
Donnez pour amasser auprès de l'Éternel ;
Vivez longtemps heureux, moi je retourne au ciel. »

FLORIAN.

LXIV

LA BATAILLE D'AUSTERLITZ.

POËME.

[Pour l'intelligence de ce petit poëme, nous donnons un récit abrégé de la bataille d'Austerlitz.]

2 décembre. — BATAILLE D'AUSTERLITZ OU DES TROIS EMPEREURS, GAGNÉE PAR NAPOLÉON SUR LES RUSSES ET LES AUTRICHIENS RÉUNIS. — C'était l'anniversaire de son couronnement, et l'Empereur des Français ne manqua pas de le rappeler à son armée peu d'instants avant la bataille.

---

1. C'est-à-dire : Dieu a voulu récompenser Tobie de ses nombreux bienfaits.
2. Inversion.

Les ennemis sont culbutés sur tous les points : Rutzen, Telnetz et Sokolnitz leur sont enlevés ; 6000 hommes se noient dans l'étang de Sokolnitz ; peu de temps après, deux colonnes russes sont acculées sur les lacs glacés d'Augezd et de Monitz, où cent pièces de canon en batterie sur un mamelon les foudroient pendant plus d'une heure. La glace se rompt, et 20 000 hommes, 50 pièces de canon et un matériel immense sont engloutis dans les abîmes ouverts par ces terribles projectiles ! « Le succès de la guerre, dit Napoléon, tient tellement au coup d'œil et au moment, que la bataille d'Austerlitz, si complétement gagnée, eût été perdue si j'eusse attaqué six heures plus tôt. Les Russes s'y montrèrent des troupes excellentes, qu'on n'a jamais retrouvées depuis. On pourra peut-être reproduire quelque chose qui vaille mon armée d'Italie et celle d'Austerlitz, mais à coup sûr rien qui la surpasse. » (Las Cases.)

La bataille d'Austerlitz coûta aux ennemis 70 000 hommes, dont 40 000 tués ou noyés, 150 pièces de canon, 42 drapeaux, les étendards de la garde impériale russe, 15 officiers généraux, pris ou tués, parmi lesquels on comptait le prince Repnin, que le général Rapp blessa lui-même et fit prisonnier. L'armée française eut 2000 hommes tués et 5000 blessés.

L'empereur François vint en personne au camp de Napoléon demander la paix. Le vainqueur reçut l'empereur d'Autriche dans une pauvre chaumière où il avait établi son quartier général. Il s'excusa auprès du monarque autrichien de le recevoir dans un pareil lieu. « Vous en faites si bien les honneurs, répondit gravement François, qu'il doit vous sembler préférable à tous les palais du monde. »

————

La nuit, du haut des airs lentement descendue,
Des plaines d'Austerlitz [1] embrassait l'étendue [2],

1. Austerlitz, village de Moravie.
2. La construction est : *La nuit, descendue lentement du haut*

Et fermait un moment la lice des combats[1];
Les Russes se livraient à de bruyants ébats[2].

Tandis qu'un vain orgueil les trompe et les anime,
Napoléon, qu'enflamme un espoir magnanime,
Repousse du sommeil les stériles pavots[3] :
A travers la nuit sombre il poursuit ses travaux :
Son active insomnie a préparé sa gloire,
Et déjà sa pensée enfante la victoire[4].

Mais un autre garant offert par le destin[5]
Prédit à nos guerriers un triomphe certain.
Anniversaire auguste! époque fortunée!
Ils volent au combat dans la même journée
Où la France ravie, oubliant tous ses maux,
Du titre d'Empereur[6] salua son héros.
Tout le camp jette un cri : du chaume qui pétille
Sur les mousquets ardents la flamme éclate et brille[7];

des airs, *embrassait l'étendue des plaines d'Austerlitz ;* c'est-à-dire : la plaine d'Austerlitz était plongée dans une profonde obscurité.

1. La nuit *fermait la lice des combats ;* c'est-à-dire *suspendait les combats.*

2. C'est-à-dire : les Russes et les Autrichiens, comptant sur la victoire, se livraient d'avance aux transports de leur joie.

3. *Repousse les pavots du sommeil :* c'est-à-dire *ne dort pas.* On dit les *pavots* du sommeil, parce qu'on retire des pavots une substance nommée *opium,* qui fait dormir. Le poëte donne aux *pavots* du sommeil la qualification de *stériles,* parce que le temps consacré au sommeil est perdu pour le travail.

4. Le sens de ces deux vers est : il emploie cette nuit à préparer et à combiner le plan de la bataille du lendemain et à rendre la victoire certaine.

5. *Destin* signifie ici l'enchaînement et la suite des événements.

6. Inversion.

7. Construction : la flamme du chaume éclaire et brille sur les mousquets. Les soldats, pour célébrer l'anniversaire du couronnement, firent cette nuit une sorte d'illumination en brûlant des touffes de paille attachées aux baïonnettes de leurs fusils.

Mousquets est mis ici pour *fusils.*

Aux ennemis troublés[1] elle annonce leur sort :
Ces clartés sont pour eux les lueurs de la mort.

Cependant des Français[1] le guide infatigable
Dispose du combat[1] l'appareil redoutable.
Parcourt ces bataillons sous ses regards[1] formés ;
Et de leur nom de gloire[1] il les a tous nommés[2].
Mais tandis qu'en leurs yeux[1] le courage rayonne,
Et que leur sang guerrier dans leurs veines[1] bouillonne,
Ne vois-je pas frémir d'un généreux courroux
Ceux qu'un jaloux destin réserve aux derniers coups[3]?
De leurs pleurs belliqueux[1] leurs armes sont baignées,
Et le glaive s'irrite[4] en leurs mains indignées ;
Une noble rougeur se répand sur leurs fronts :
Les postes sans périls sont pour eux des affronts[5].
Guerriers, consolez-vous : pour mériter la gloire
Votre plainte héroïque égale une victoire.

Enfin le jour a lui : l'armée aux larges flancs,
En ligne formidable a déployé ses rangs.
Le signal est donné. Le fougueux Moscovite
En tumulte déjà court et se précipite ;
Déjà, pour l'attaquer, je vois de toutes parts
S'avancer nos soldats en mobiles remparts ;
Je vois à pas égaux marcher inébranlables
Nos bataillons nombreux, serrés, impénétrables.
L'écho lointain des monts, des rochers et des bois,

---

1. Inversion.

2. Il rappelle aux divers régiments les surnoms qu'ils ont mérités dans diverses batailles : l'un avait été surnommé l'*Invincible ;* l'autre, le *Foudroyant,* etc.

3. Le sens de ces quatre vers est : tandis que les régiments désignés pour combattre immédiatement font éclater leur joie, ceux qui doivent former la réserve se plaignent de ne pouvoir prendre part à l'action aussitôt que les autres.

4. Expression vive et animée : le poëte suppose que les sentiments de ces braves soldats se communiquent à leurs armes mêmes.

5. Ils croient qu'on leur fait une injure en les plaçant dans un poste où il n'y a pas de dangers à courir.

Prolonge de l'airain la foudroyante voix [1].
L'airain [2] dévastateur, d'une bouche enflammée,
Vomit [3] au loin la mort [4] dans des flots de fumée.
On s'approche, et bientôt corps à corps on combat ;
Le fer résiste au fer, le soldat au soldat.
Le sol a disparu [5] sous l'épaisse mêlée ;
Du poids des combattants [6] la campagne accablée [7]
Tressaille sous les bonds des rapides coursiers [8] :
L'un sur l'autre accourant, des centaures guerriers [9]
S'entre-choquent.... Ainsi deux énormes nuages,
Dont les flancs ténébreux couvent de noirs orages,
Terribles, se heurtant, se brisant dans les airs,
Font au loin rejaillir la foudre et les éclairs.
Là, menaçant de loin, le bronze [10] éclate et tonne ;
Ici frappe de près le poignard de Bayonne [11] :
Le glaive ardent frémit [12] ; de mille combattants,
Le sabre fait voler les débris palpitants [13] :
L'un, espérant tromper la fatale poursuite [14],

1. La voix foudroyante de l'airain, c'est-à-dire le bruit de la canonnade.

2. Le canon.

3. *D'une bouche enflammée vomit ;* inversion : *vomit de sa bouche enflammée.*

4. Expression très-hardie : *vomit* des boulets qui donnent *la mort.*

5. On ne voit plus le sol.

6. Inversion.

7. *Accablée* n'est pas une expression heureuse. Le poëte veut dire que la terre tremble sous l'effort de la cavalerie.

8. *Coursiers,* terme poétique pour chevaux.

9. Les centaures étaient des êtres fabuleux, moitié hommes, moitié chevaux. Par cette expression, le poëte veut faire entendre que l'habile cavalier semble ne faire qu'un avec son cheval.

10. L'arme à feu.

11. La baïonnette.

12. Le poëte suppose que l'ardeur des combattants se communique à leurs armes, etc.

13. La construction est : Le sabre fait voler les débris palpitants de mille combattants.

14. Espérant échapper aux vainqueurs qui le poursuivent.

D'un coup déshonorant est frappé dans sa fuite[1] ;
L'autre, que les coursiers ont foulé sous leurs pas,
Implore du vainqueur le bienfait du trépas[2] ;
Luttant contre la mort, d'autres[3] mordent l'arène[4] :
On tombe, on se relève, on retombe, on se traîne.
Oh ! combien d'ennemis vaincus, blessés, mourants,
L'un par l'autre écrasés, l'un sur l'autre expirants !
Que de drapeaux conquis ! que d'aigles[5] prisonnières !
Une heure a vu tomber des légions entières[6] ;
Et des Russes tremblants[7] les stériles efforts
Ne nous opposent plus que des remparts de morts.

A ce funèbre aspect, poussant des cris de rage,
L'escorte d'Alexandre[8] ose affronter l'orage[9] ;
Sur nos rangs étonnés[7] elle fond en courroux,
Les enfonce.... Orgueilleux, dites, espériez-vous
Tenir quelques instants la fortune en balance,
Et de Napoléon[7] tromper la vigilance ?
Tremblez ! il est partout. Un seul de ses regards
Ranime les soldats, soutient leurs étendards :
Il a parlé.... Volez, troupe fière et terrible,
Que sa voix décora du surnom d'invincible[10] ;
Volez ; qu'à votre aspect, dans leur course[7] arrêtés,
Ces vainqueurs d'un moment[11] tombent épouvantés.

Du jeune Constantin[12] l'impétueuse élite

---

1. Est frappé par derrière en fuyant.
2. Supplie le vainqueur de l'achever ; implore de lui **la mort** comme un bienfait.
3. D'autres se débattent contre la mort.
4. Le sable.
5. Il s'agit ici de l'aigle russe.
6. Des régiments entiers ont été détruits dans l'espace d'**une** heure.
7. Inversion.
8. La garde impériale russe.
9. S'exposer aux coups de nos soldats.
10. La garde impériale française.
11. Ces soldats qui ont été vainqueurs un moment.
12. Le grand-duc Constantin, frère de l'empereur **Alexandre.**

S'élance ; et le Français[1] par l'obstacle[2] s'irrite ;
Tel un fleuve rapide en sa course[2] emporté,
Par les débris d'un roc[2] un moment arrêté,
Soulève en bouillonnant tous les flots qu'il amasse,
Tombe de tout son poids sur cette énorme masse,
La détache, l'entraîne en son sein furieux,
Et poursuit fièrement son cours victorieux :
Ainsi de nos guerriers[2] la fureur redoublée
Heurte, renverse, entraîne une foule accablée ;
Et Constantin, fuyant devant nos étendards,
Va conter sa défaite à la cité des tzars.

Alors, plaignant le sang qu'a coûté sa victoire,
Le bras vainqueur[3] s'arrête, il interrompt sa gloire[4] :
Au carnage[2] succède un terrible repos,
Et la destruction laisse tomber sa faux[5].
Mais de nos ennemis[2] les aigles palpitantes[6]
Se soulevaient encor sur leurs ailes sanglantes ;
D'arrogants bataillons, par un dernier effort,
Rassemblaient leurs débris dans les champs de la mort[7],
Et se flatta ent du moins, méditant notre perte,
D'engloutir nos lauriers dans leur tombe entr'ouverte[8].
Vain orgueil ! Indigné d'un espoir insolent,
Napoléon saisit le glaive étincelant :
Il paraît, tout a fui. Des plaines désolées
Nos ennemis chassés[9] tombent dans les vallées,

1. Le soldat français ; le singulier est mis ici pour le pluriel.
2. Inversion.
3. Le bras du vainqueur, c'est-à-dire le vainqueur : Napoléon.
4. Il interrompit le cours de ses glorieux exploits.
5. *La destruction*, c'est-à-dire *la mort*. La mort personnifiée est représentée armée d'une faux, parce qu'elle abat ses victimes comme le faucheur abat les herbes des prés.
6. Les aigles russes sont prises ici pour les troupes russes, à qui elles servent d'étendard.
7. Sur le champ de bataille.
8. De faire périr leurs vainqueurs en périssant eux-mêmes.
9. Le construction est : Nos ennemis chassés des plaines sont refoulés dans les vallées et dans les marais.

Dans les marais profonds, où s'étend sous leurs yeux
La sombre et vaste horreur des lacs silencieux :
Ils mesurent au loin l'épouvantable espace,
Et s'avancent tremblants sur des plaines de glace.
O funeste refuge ! ô déplorable sort !
La mort est sous leurs pas, sur leur tête est la mort.
J'entends déjà mugir les bronzes[1] en furie :
Sous leurs coups redoublés la glace éclate, crie,
S'ouvre..., et la profondeur des gouffres dévorants
A soudain englouti des monceaux de mourants.
Leur lamentable voix sous l'onde[2] s'est perdue ;
Un silence de mort règne dans l'étendue.

Mais déjà l'olivier[3], que fait fleurir la paix,
Répand sur le Germain son ombre et ses bienfaits :
Des fils de la Néva[2] consolant la défaite[4],
La pitié du vainqueur protége leur retraite.
Vous qu'enlevait la guerre à vos lointains climats,
Vous reverrez encor vos déserts, vos frimas ;
Vous ne gémirez point aux terres étrangères :
Heureux, vous vieillirez sous le toit de vos pères !
Le Français triomphant est l'ami du vaincu ;
Sa haine à son courroux[2] n'a jamais survécu[5].
Il plaint ses ennemis, et, pleurant sa victoire[6],
Obtient par sa bonté le pardon de sa gloire[7].

Magnanimes héros, par un héros[8] conduits,
De vos brillants efforts[2] cueillez en paix les fruits,

1. Les canons.
2. Inversion.
3. L'olivier est le symbole de la paix. Ces deux vers signifient que la paix est faite avec l'Allemagne.
4. La défaite *des fils de la Néva*, c'est-à-dire des Russes. La Néva est un fleuve qui coule à Saint-Pétersbourg.
5. Lorsque l'irritation causée par la lutte a cessé, il n'a plus de haine pour les ennemis qu'il a combattus.
6. *Pleurant sa* victoire, c'est-à-dire regrettant le sang qu'elle a coûté.
7. Ce vers signifie que l'ennemi vaincu par les Français leur pardonne sa défaite en considération de leur générosité.
8. Napoléon.

Respirez un moment du fracas des batailles ;
Heureux et triomphants, rentrez dans vos murailles :
La France vous attend. Ne la voyez-vous pas
D'hommages et de vœux[1] environner vos pas?
Le peuple impatient vous prépare des fêtes ;
De palmes et de fleurs[1] il va ceindre vos têtes.

MILLEVOYE.

1. Inversion.

FIN.

TABLE DES MATIÈRES.

FIN DE LA TABLE DES MATIÈRES.

EXTRAIT DU CATALOGUE

DE LA LIBRAIRIE DE MM. L. HACHETTE ET Cie.

ARITHMÉTIQUE ET TENUE DES LIVRES.

Arithmétique nouvelle des écoles primaires, par Gabr. Rück, inspecteur d'académie. 1 vol. in-18. Prix, cartonné. 60 c.

Arithmétique raisonnée (petite), par M. Vernier. 1 vol. in-18. Prix, cartonné. 50 c.

Nouvelle arithmétique des écoles primaires, divisée en deux parties; 1° *Théorie et pratique du calcul*; 2° *Applications*; et contenant environ 1200 Exercices et Problèmes; par M. Ritt, inspecteur général de l'instruction primaire. 1 vol. in-12, cartonné. 1 fr. 50 c.

   Réponses et Solutions raisonnées des Exercices de calcul et Problèmes, par le même. 1 fr. 50 c.

Premières notions d'arithmétique et de calcul mental, par M. Ritt. 1 vol. in-18. Prix, cart. 75 c.

Nouvelle arithmétique pratique, comprenant le système métrique et un choix de problèmes gradués avec les solutions, à l'usage des institutions de demoiselles, des écoles primaires, etc., par M. Tarnier. 1 vol. in-12, avec de nombreuses figures dans le texte. Cart. 2 fr.

Principes de tenue de livres très-simplifiée, par M. Cadrès Marmet. 1 volume in-18. Broché. 60 c.

POIDS ET MESURES.

Poids et mesures du système métrique (les), sans comparaison avec les mesures anciennes, par M. Saigey. Grand in-18. Prix, broché. 15 c.

Pratique des poids et mesures du système métrique (la), ou Exercices sur toutes les opérations de pesage et de mesurage, par le même. 1 vol. in-18. Broché. 1 fr.

Tableau des poids et mesures du système métrique, par le même. 22 figures enluminées, 3 feuilles double raisin. Prix. 1 fr. 50 c.

Typographie de Ch. Lahure et Cie, rue de Fleurus, 9.